新典社選書106

古典文学をどう読むのか

——シェイクスピアと源氏物語と——

廣田收・勝山貴之 著

新典社

まえがき

紫式部とシェイクスピアの名前を聞いたことがありますか、と問いかけると、多くの人が知っているとお答えになると思います。いやむしろ、知らない人はいらっしゃらないのではないでしょうか。日本文学を代表する『源氏物語』の作者紫式部と英国演劇として有名な『ハムレット』の作者シェイクスピアは、世界的に知られた存在です。

しかし、作品を読まれましたか、と尋ねると答えはどうでしょう。『源氏物語』は高校時代に古典の授業で少しとか、シェイクスピアは映画で観たことがあります、とお答えになるのではないでしょうか。『源氏物語』は長編ですし、シェイクスピアの作品も映画を観た後に、わざわざ翻訳を手に取って読まれたかたは少ないのではないかと思います。

私の教えている大学の英文学科でも、多くの学生が『ハリー・ポッター』シリーズは知っていても、シェイクスピア作品の知識はありません。『ロミオとジュリエット』を講義で取り上げると、「題名は知っていたけれど、こんなお話だったんだ」という反応が返ってきます。

また、大学に入学する前からシェイクスピア作品を知っていた、と答えた学生のほとんどが、『ロミオとジュリエット』の映画を観た経験を話してくれます。残念ながら、実際にシェイクスピア作品の翻訳を読んだことのある学生は少数です。ましてや舞台を観た経験のある学生はというと、はるかに少なくなってしまいます。現在の中学校や高校の生活は実に多忙で、生徒たちは授業やクラブ活動、そして受験勉強に追われて暮らしています。慌ただしく過ごす日々の生活の中で、ゆっくり読書をする時間が持てないのかもしれません。あるいはスマートフォンの画面に向き合っている時間が多く、読書という習慣そのものがなくなってしまっているのかもしれません。テレビ、インターネット、ゲームといった様々なエンターテインメントが溢れている現代社会では、なかなか古典作品とじっくり向き合う時間はないものなのでしょう。しかしそうした時代だからこそ、なおのこと古典を手に取り、その世界を知って欲しいと思います。

この書物は、文学部に在籍する大学生や、これから卒業論文を書こうと思っている大学生、更には、文学に関心をお持ちになっている一般読者のかたがたを対象に企画したものです。そうした読者の皆さんに、『源氏物語』研究やシェイクスピア研究の現状を、理解していただけるよう、なるべくわかりやすく解説することを心がけました。

廣田さんと私は、同じ大学の文学部で教壇に立つ同僚です。廣田先生のご専門は、一一世紀の日本の作家紫式部や説話文学で、私は一六世紀から一七世紀の英国劇作家シェイクスピアを研究の対象としています。言うまでもなく、両作家の間には、地理的にも時間的にも大きな隔たりがあり、なかなか同じ土俵の上で取り上げることは難しいのかもしれません。しかし、そうした全く異なる作家の作品を語りあうことによって、かえってそれぞれの作品の面白さが浮かび上がるかもしれないと考え、この企画を立ち上げました。

文学研究というと古臭く聞こえてしまうかもしれません。時々私は、「大昔から研究されているシェイクスピアですから、もう研究し尽くされているのではないですか」と、質問をされることがあります。しかしシェイクスピア研究は、常に新しい研究方法や分析手法が出てくることで、目まぐるしく変化していきます。私たちは、そうした新しい手法を取り入れることで、今までは考えてみることもなかった作品の別の表情を読み取ろうと努力しています。古典作品は、それが優れた作品であればあるほど、まるで宝石のように、別の角度から光をあてれば、また違った輝きを見せてくれるものです。これからも、かつては誰も気付かなかった新たな考え方や研究方法が現れてくることでしょう。私たちは、それをいち早く取り入れ、作品に応用し、作品に対する理解を一層深めていきたいと考えています。

作品分析を通して、私たちは作品の中に描かれた登場人物に一層の共感を抱き、更には作品の生み出された時代や作品を取り巻く社会を、より深く理解しようと試みます。言い換えれば、そうした作業は私たちを形作っている時代や社会の意味を追求することであり、私たち自身の心の内を探求することでもあります。理科系の研究が、時に、宇宙を研究対象にし、生命の起源を研究対象とするなら、人文研究は人間そのものが研究対象です。人間とは何か、人生とは何か、そして生きるとはどういうことなのかという、人間がずっと追い求めてきた永遠のテーマを研究対象としているのです。

『源氏物語』研究とシェイクスピア研究の現状を知っていただき、同時に、私たち人間という謎めいた存在について、また私たちが生きることの意味について、しばし思いを巡らせていただければと思います。

勝山　貴之

付記

本書の中で引用した史料には、現代の人権意識に照らして不適切な表現も見られるが、歴史的な資料と捉え、特に表現を改めることはしなかった。

目 次

対談　古典文学をどう読むのか

廣田收　たまたま手に取った作品が、ほんのちょっと読んだだけなのに「はまって」しまうという経験はよく耳にするところです。図書館や書店でつい立ち読みしたり、家で寝転んで気楽に読んだりしただけなのに、夢中になってしまった、読みさしてあとから気になってしかたがなかったなどということは、文学との出会いとはそういうものだ、ということを教えてくれます。

　ところが、いざ研究ということを掲げて、机の上に作品を置き、心静かにして「さあどう読めばよいのか」と構えますと、急にことは難しくなってしまいます。レポートを書かなければならないという切迫感や脅迫感から、何か考えを急いでまとめようとしても、なかなかそううまくは行きません。

　そんなことはありませんか。

勝山貴之　ありますね（笑）。

　作品を楽しむことと、作品を分析することとは違いますから。

　文学部に入学してくる学生たちも、最初は感想文と研究論文の違いに戸惑うようです。新入生の中には、作品の感想を書くことが研究だと思っている学生が結構います。

廣田　それは国文学でも一緒です（笑）。

そもそも研究では、読みに一定の客観性、説得力を持たせるために、何かしら論証という手続きが必要ですからね。

ところが、授業で先生から先に「素朴な感想や、自分勝手な読みだけではだめだ」などと言われると、学生は精神が硬直してしまいます。学生時代の私も、試験やレポートなんてなければよいのに、と何度思ったか知れません（笑）。

しかし、勝山さんはまじめで、計画的に実行するタイプだったでしょうから、そんなことはなかったでしょう。

勝山　私も全く一緒ですよ（笑）。

廣田　私は逆に、卒業論文を書けなくて困っている学生には「ともかく感想文を書いてみたら」と言うことがあります。そうすると、ここは他の事例を調べないといけないとか、ここは厳密に考えないといけないとか、というふうに論を深めて行けるからです。作品を文学として、どう読んでいるか、彼の出発点がどこかを見るには、感想文も使い方次第で案外有効なときもあります。

そこで今回は、国文学と英文学において、文学研究には今までどのような方法があったのか、これからどのような方法をとって行けばよいのか、ということについて「復習と予習」

をしてみたい、と思います。とりわけ近現代文学の研究では、方法ということを強く意識する(＊1)ようですが、古典ではどうでしょうか。

私は、理論家ではありませんので、尖鋭《せんえい》的な理論を適用して読むというよりも、まず作品を素手で読むことから始めた方がよいという立場です。

研究の方法というものは、どんな作品でも使える万能の道具なんてものはなく、ひとつの作品の本文そのものから、方法というものは出てくるはずだと思います。

勝山　そうですね。私もその意見に賛成です。

まず作品ありきです。作品を読んだ上で、その作品にまつわる批評を調べていくと、作品の様々な部分が明らかになってくるのではないでしょうか。例えば、文学研究の世界をちょっと覗《のぞ》いてみたいのだが、どこからどう見ればよいのかとか、卒業論文を書こうとする場合には、どのような問題があり、どういう取り組み方があるのか、ということについても話題にできればよいと思います。

人物論はいかがでしょうか

廣田　一番とっつきやすい研究の入り口として、『源氏物語』では、まず、いわゆる人物論という方法があります。三年生のゼミで、何をしたらよいのか困っている人に私は、まず人物論を勧めますから。

研究者によっては、人物論は「素人《しろうと》」の研究だという人もいますが、ある人物に狙いを定めて読むことで、やがて人物そのものよりも、この物語がどういうものかが分かってくる、ということだってありますからね。

人物論にあたるものは、英文学にもありますか。

勝山　人物論というのは、言い換えるならシェイクスピア劇の台詞《せりふ》から、それぞれの登場人物の性格を分析していく手法のことですね。

古くは一八世紀からこの手の批評があり、一九世紀にはハズリットやコールリッジなどといったロマン派の批評家(＊2)によって盛んに行われました。シェイクスピア劇の登場人物の個性豊かさは、批評家にとって尽きない魅力だと思います。

ただし性格批評が行過ぎると、劇の登場人物を生身の人間のように捉えて分析して行きますから、随分と奇妙な批評へ発展してしまうこともありました。一九世紀には、シェイクスピア劇に登場する女性の幼少時代を憶測した書物などが書かれたこともあったようです。

廣田　あぁ（笑）、そういう分析の失敗は『源氏物語』研究にもあります。

しかも、書かれていない部分を「逆算」して、いつ生まれたかとか、どういう人間関係だったかとか、「推定」を根拠に立論する手法もあります。これがうまく行って、場合によっては、作品の読みを深める可能性もあるのですが、推論を絶対化してしまうと、無理の生じることがあります。

実際に人物論の分析を進めて行くと、これでは納まりきらないということが、実感できることもあります。

『源氏物語』には、中世になって物語の結末の「その後」を描いた物語作品が作られたり、近世ではあの本居宣長が、現行の物語には描かれていない部分を、これはどこかに書かれていなければならないことだとして、新たに『手枕』という作品を描いていたりしますが、これってどこかおかしくないですか。ただ、昔からそういうことは行われていて、問題の根は深いものがあります。

勝山　「問題の根は深い」というのは、どんなところですか。

廣田　勝山さんのおっしゃるように、無意識のうちに人物をまるで生きているみたいに受け止める人は、古代以来たくさんいるんです。『源氏物語』から百年も経たないころ、『更級日記』の作者は、人物論の先駆《さきが》けですね。憧れの登場人物に自己投影したり、まるで登場人物が生きているみたいな感想を述べたりしています。

勝山　そうですか。

性格批評は、二〇世紀の初頭に出版されたA・C・ブラッドレー（＊3）の『シェイクスピアの悲劇』で集大成されたと考えられています。

ブラッドレーは、劇の主人公の心の分裂を描き出すところにこそ、シェイクスピアの芝居の真骨頂があるのだと主張しました。自らに運命づけられた道を辿《たど》りながらも、その所々で内心の葛藤に魂を砕かれる主人公の姿を描かせれば、英国文学ではシェイクスピアの右に出る作家はいません。

廣田　具体的には、どんなものですか。

勝山　例えば、『ハムレット』を取り上げて、主人公ハムレットの性格についてはほとんど触れずに、劇のあらすじだけを語ったとしましょう。そうすると、この作品の素晴らしさは全く伝わりません。なぜかというと、劇作品『ハムレット』は主人公の性格の上に成立しているからなのです。

ハムレットの複雑な性格は、その台詞によって見事に展開されています。ある場面で、神にも匹敵する人間の知恵と永遠世界を彷徨《さまよ》う人間の思考力へと想いを馳《は》せるかと思えば、また別の場面では、現実世界に生きる人間の無力さを口にしたりしますから。

廣田　すごいな。そんなことからしたら、『源氏物語』なんてなんと「おおらかな」世界なのかと思いますね。

そのブラッドレーさんの業績が人物論の代表的なものですか。

勝山　そうです。ブラッドレーは登場人物の性格を分析しながら、その行動原理や動機について見事に解説し、私たちをなるほどと納得させてくれます。

もうひとつ、『オセロ』を例に挙げさせて下さい。

ブラッドレーは、オセロの性格を分析して、無数の危険や苦難を経験し、誇り高き偉大な人物であると同時に、ロマンチックで詩的な人物だとしています。心は詩情に満ちているが、その情緒が彼の知力を混乱させるのだと言うのです。

他方、オセロを騙《だま》すイアゴーについては、彼が悪事を働く動機を説明して、自分の陥れた人間が苦しむ様を見て喜びを得るという、独特の優越感にあるとしています。イアゴーの力量を見誤って、彼を副官に昇進させなかったオセロや、彼を追い抜いて副官の地位に就《つ》いたキャシオーが、彼の術中にはまって悶え苦しむ様を見て、彼は無上の喜びを感じる人間なのです。自分自身は人よりはるかに優れている、そうした自分の才能を存分に発揮したいという彼の衝動は、他人を貶《おとし》めることによってこそ、初めて満足させることができるというのです。

具体的に劇の台詞を挙げながら解説するブラッドレーの説明に、われわれは頷《うなず》かされます。ブラッドレーの解き明かす、時代を超えて変わることのない普遍的な人間性に、私たちは人物の内面への理解を深め、彼の分析に納得させられるのです。

廣田　『源氏物語』のような古代のテキストだと、分析と論考が研究者の恣《し》意《い》的な解釈を超えて一定の説得力をもつには、何段階かの手続きが必要だと思いますが、ブラッドレーさんの手法は英文学では評価が高いんですね。

それは、もはや人物批評のスタンダードになっているのですか。

勝山　性格批評といえば、誰もがブラッドレーの名前を挙げるでしょう。

しかしブラッドレーの分析が完璧というわけではありませんから、批評家たちは、性格批評を展開しながら議論を続けました。F・R・リーヴィス(＊4)はブラッドレーのオセロ分析に異論を唱えています。リーヴィスによれば、ブラッドレーのようにオセロを偉大な人物と考えるのは大きな間違いだと主張します。むしろオセロには、自分を理想化しすぎる傾向があり、彼の自己認識の誤りが、悲劇的結末に繋《つな》がったのだ、とリーヴィスは述べています。

確かに、リーヴィスの説明にも、一理あるように思えます。性格批評においても、批評家同士の論争はなかなか興味深いものがあります。

ブラッドレーとリーヴィスを比較しながら、性格批評において展開された二人の批評の対立を丁寧に追うだけでも、文学研究としては面白いし、勉強になると思います。

廣田　まぁ、そもそも人物論といっても、研究者の数だけ人物論がありますからね（笑）。読者である私たちは、まず高等学校までの教育のおかげで、誰が主人公か、あるいは登場人物の中から、誰か同化できる人物はいないか、無意識のうちに探すでしょう。

問題はそこからで、「主人公」をめぐる読みもあるところまで行くと、今度はそれでいいのか、ということでしょ（笑）。卒業論文を書き終えたときに、そのような疑問を持つところまで行けば、よく出来たと思います。

勝山　そうですね（笑）。

ブラッドレーが提唱する、台詞の緻密な読解から導かれる主人公たちの性格分析はなかなか説得力があったこともあり、その研究方法は一世を風靡《ふうび》しました。この研究は百年以上前のものですが、現在でもシェイクスピア研究をしようとすれば、一度は読んでおかねばならない研究です。

廣田　何よりも、まず読んでおくべき研究というものは必ずありますものね。このごろよく、「先生の勧める本や論文は古いものばかりですね、最新の研究はないのですか」と聞かれます（笑）。

ある学説が、今になって色々と疑義が出されてくるときは、最初にその学説を提唱した人に問題があったわけです。どこで踏み間違えたかと考えると、最初の地点に戻るしかありません。私は、そういう画期（epoch）を作った研究者や論文を探し出して最初に批判対象として置き、これを批判することで相違を明確にして、自説を展開するという論の構成をとることがあります。

勝山　それは大切なことですね。研究の発展を明示することができますから。

廣田　数えようによっては、『源氏物語』の登場人物が五百人とも、千人いるとも言われるのですが、やはり基本的な人物は限られています。

問題は、ついうっかりと一人の人物が統一性、一貫性を持っていて、まるで生きているかのように思い込んで論じてしまうことです。それでは、一人の人物が一定の像を結び、まとまりをもって描かれているかというと、実際は必ずしもそうではありません。それが、まさに物語が近代小説ではなく、古代の物語たるゆえんだと思います。

それは物語が場面性に縛られているからだ、と思います。

それでは、人物をどう読めばよいのか

勝山　おっしゃるとおりですね。『源氏物語』のような長編の物語の場合は、特にそうなのかもしれませんね。

ブラッドレーの研究への賞賛が一段落すると、一九二〇年代から三〇年代からは、劇の中の登場人物を実在の人物のように捉える性格批評に異を唱える声が次々に上げられます。

L・C・ナイツ(＊5)は、「マクベス夫人には何人子どもがいたか」というタイトルの論文を発表し、ブラッドレーを攻撃しました。作品の中では、マクベス夫人の子どもへの言及はなされないので、実のところ子どものことはわからないのですが、L・C・ナイツはわざと皮肉なタイトルをつけて、実在の人物のように登場人物を分析するブラッドレー批評に反旗を翻したのです。

L・C・ナイツは、シェイクスピア作品が劇詩であることを強調します。

廣田　えっ、それはどういうことですか。

勝山　シェイクスピアの台詞は、各行がブランク・ヴァース（blank verse）と呼ばれる「弱強

五歩格（iambic pentameter）の無韻詩」で書かれていて、日常会話とは異なります。つまり弱い音節と強い音節が交互に入れ替わり、五回繰り返されることで一行を形作るわけです。台詞自体が詩の形式になっているのです。現代のようなマイクなどの設備のなかった劇場では、こうしたリズム感のある台詞のほうが観客の耳に届きやすく、役者も覚えやすかったのでしょう。

ですから劇詩の中の登場人物を、生身の人間のように分析する手法では、詩という文学形式によって生み出される効果を無視してしまうこととなってしまいます。

廣田　そういうことから言えば、『源氏物語』の文章は、いわゆる小説的な散文なのではなく、和歌や歌言葉をふんだんに織り込んだ詩的言語のテキストなので、ストーリーとしてだけ読むと、『源氏物語』の特性は見えてこないと思います。このような物語の属性については、今後深めて行かなければならない重要な課題だと思います。

勝山　実は性格批評には、この他にも問題点があるんです。シェイクスピア劇の登場人物は、生身の人間ではなく、あくまで芝居の中で、ある種の役割を担わされているわけです。

そもそも演劇というジャンルは一六世紀の英国に突然誕生したわけではなく、ギリシア悲劇やローマ喜劇といった古典の伝統を受け継いでいます。シェイクスピア自身も、こうした古典劇に親しんでいたはずです。シェイクスピアが、自らが慣れ親しんでいた古典劇の作劇法を、創作の際に取り入れるのは当然でしょう。

廣田 具体的に言えば、どういうことですか。

勝山 例えば、シェイクスピアの作品の登場人物は、時々、ギリシア悲劇のコーラス役を担っていたり、ローマ喜劇のストック・キャラクターを演じていることがあります。これらは実在の人物の描写というより、古典劇の伝統をルネサンス演劇の中に展開したものとの見方ができるわけです。

また『ハムレット』なども、シェイクスピアが何もないところから作り出したわけではなく、大陸に伝わっていた「ハムレットの物語」の影響や、シェイクスピアと同時代の他の劇作家の作品の影響を受けています。

廣田 どんな偉大な作品も、作者が偉大だからというわけでなく、突然それだけで出現したわけでもなくて、何がしかの影響のもとにできると考えておく必要はありますね。

その意味では、『源氏物語』を勉強するとき、卒業論文の段階ではなかなか難しいでしょうが、周りの作品をどれだけ知っているかということが、成果の良し悪しに関係してきますから。ただ、「影響」というものは、証明することが難しい。

勝山　材源や他の作品からの影響を考えると、ますます劇の登場人物を生身の人間として捉え、その性格を批評することだけに心血を注ぐ性格批評の限界が見えてきてしまいます。

人物をもっと別の角度から見ると

廣田　なるほどね。

『源氏物語』で申しますと、例えば、光源氏は、人柄とか性格は茫洋《ぼうよう》としていて捕えどころがありません。というのも、彼の意志が彼の生き方を決めているのではなくて、何か超越的な力に促されて生きているように感じられるからです。やはりそこが古代の作品ですよ。主体的とか、自分の意志とか、というふうに批評すると近代小説の読み方になってしまいます。

勝山　他の人物はどうなのですか。

廣田　光源氏の生涯にわたる恋人紫上は、初期では、藤壺の身代わりとして扱われ、あたかも無色透明な印象があるのです。

ところが、光源氏が女三宮という正妻を迎えると、紫上は一挙に深い内面性を持たされるようになります。まぁ、簡単に言えば、紫上は若菜巻を境目にして前期と後期では、描かれ方が違うのです。作者は、途中からこの人物に比重をかけて描いて行ったようなのです。一方、朝顔姫君のように、光源氏を、生涯にわたって頑固に拒否し通すといった性格を付与された人物もいます。しかし、なぜそんな人物が置かれているのかと考えても、よく分かりません。

つまり、人物をひとしなみに扱うことは無理なことで、誰を取り上げて考察するか、ということで、だいたい論の見通しが立ってしまい、その論の水準が分かってしまいますね（笑）。物語の主題や方法にかかわる人物と、そうでない人物がありますものね。

勝山　そうかもしれませんね（笑）。

『ハムレット』には、ハムレットが好意を寄せるオフィーリアという女性が登場します。彼女は宰相ポローニアスの愛娘《まなむすめ》で、その台詞をたどる限り、まだまだ精神的にも幼く、父親の言いなりになっているだけの女性のように見えます。

オフィーリアが精神的に未成熟で、ハムレットの相談相手に成り得ないからこそ、ハムレットはオフィーリアを復讐の計画に巻き込まないようにします。自分の母親も、恋人も、幼《おさな》馴染《なじみ》も、誰も信じることができないというハムレットの孤独と苦悩が、彼の独白を生み出し、彼の思考は哲学的な瞑想《めいそう》へと展開して行きます。

さすがにブラッドレーも、この点は認めているようです。こうした役割を担わされている「オフィーリアの性格を分析することは冒瀆《ぼうとく》だ」などと言っていますから。

廣田　確かに、人物を描くとき、例えば作者が書かなければならない主題が優先されるために、物語の展開や人物の性格付けが抑制されているな、と感じられる場合はありますからね。

勝山　家父長制社会に生きながらも、オフィーリアがしっかりと自分の意志を持った、精神的に成熟した女性であったなら、ハムレットの苦悩を理解し、ハムレットを孤立無援の存在にはしなかったでしょう。

そうなるとハムレットの内面の苦悩を語る独白は、オフィーリアとの対話に費やされ、作品は恋人たちの恋愛劇に変わってしまいかねません（笑）。

シェイクスピアは意図的にオフィーリアを精神的に幼い存在として作品に配置することにより、人生の意味を探究していくハムレットの姿を鮮明に、より印象的に描き出すことができたのではないでしょうか。

廣田　そういう「未熟で」「純粋な」「世間知らずの」登場人物の性格付けは、そもそも必要であったということですね。

勝山　『源氏物語』にも、同じような問題はありますか。

廣田　物語の姫君の中でも、皇女とか内親王とかと呼ばれる高貴な出自の姫君は、古代では神聖性を保っていて、俗な言い方をすると、最初からそういう性格付けが与えられていますね。そういう問題は、人物論だけで完結させることは、もともと無理なのだと思います。

　例えば、明石君という女性がいます。

　この女性は、光源氏が須磨・明石に赴いたとき、明石入道が長きにわたり信仰し続けて住吉神から授かった、申し子（＊6）です。この女性と光源氏との間に生まれた娘である明石姫君は、後に冷泉帝の中宮となって光源氏の栄華を支えます。

　ところが、紫上には子がないと描かれているので、いや、この設定も何かしら意図があるに違いないのですが、明石君はこの娘、姫君を養女として紫上に差し出すのです。物語は、明石君を腰の低い、謙譲の美徳を備えた女性だと書いていますが、いやいや、それは順序が逆で、明石姫君を養女として奪い取らないと、紫上は光源氏の娘を産んだ明石君に負けてしまいます。つまり、物語は紫上を光源氏にとって唯一の恋人としなければ存在が揺らいでしまう、しかしそれはできないという、物語の大きな枠組みが前提にあって、この場合は、そこから明石君という登場人物の性格が定まる、という順序だと思います。

つまり、人物論は、人物の描かれ方を論ずるだけでは限界があり、物語全体の構成や展開と人物とを結びつけて行かざるをえないわけです。

勝山　その点は重要ですね。

同様のことが、『ハムレット』に登場するフォーティンブラスやレアティーズにも言えます。

この二人は、自分の父親を殺されたことを恨み、一切の迷いなく復讐に突き進んで行きます。ハムレットが復讐を躊躇《ちゅうちょ》し逡巡《しゅんじゅん》することを考えると、見事な好対照を成しています。実は二人は、同時代の他の劇作家によって書かれた復讐劇に出てくる主人公を、そのまま移植したような登場人物なのです。

シェイクスピアは意図的に、同時代に書かれた復讐劇の主人公を思わせる人物を舞台に登場させて、自分が描こうとしている主人公ハムレットとの差異化を試みているわけです。自分が描く主人公の斬新さを強調するための巧みな作劇法です。登場人物の性格だけを考察するのではなく、芝居全体の枠組みを考えることや、他の作品との影響関係を考えることで、作品の新たな面が見えてきます。

ハムレットと、フォーティンブラスやレアティーズを比較するという試みなども、参考となる論文がたくさんあります。学部生なら、このあたりはなかなか面白いのではないでしょうか。

廣田　なるほど。面白いですね。常識的で凡庸な存在を描くことで際立つ人物がいる、というわけですね。

登場人物には系譜がある

廣田　特に『源氏物語』の中の人物で、私が面白いと感じるのは、人物の中に系譜（genealogy）をなすものがあるということです。そういう現象は、英文学にもありますか。

勝山　うーん、系譜ですか。シェイクスピアの場合は、あまり考えたことがないですね。『源氏物語』のような長編になると、光源氏の愛する女性が次々に登場するわけですから、やはり系譜ということが重要な意味を持つことは分かります。シェイクスピア作品の中に、恋愛遍歴を重ねた主人公というのはいないように思います。キリスト教的には一途《いちず》な愛を貫くというのが好まれたのでしょうか（笑）。

廣田　物語のストーリーだけで言えば、光源氏は亡き母の面影を求めて若紫（後の紫上）を手に入れます。光源氏亡き後も、薫は夭逝《ようせつ》した大君の身代わりとして中君を、さらに浮舟へと、身代わりということで、宇治の地で出会った女性たちを続々と求め続けます。つまり、この物語は身代わり、物語の言葉でいうと、「ゆかり」というモティフが貫かれています。

すぐ思い付かれると思いますが、近代的な視点からすると、人はそれぞれの自己同一性(identity) が問われますからね。私はあの人の身代わりじゃない、私自身を愛していないんじゃないか、ということになりますから。ただ『源氏物語』は古代の物語ですから、そのようなことが成り立つわけですが、でありながら他者を発見するに至っているというのが私の理解です。

勝山　近代では、どうしてもそうなってしまうでしょうね(笑)。その後、物語の展開はどうなるのですか。

廣田　面白いことに光源氏の物語では、身代わりの女性に光源氏は「慰められ」て行きます。それは、個人というものの成立が古代ではまだ充分ではないからでしょう。古代にあっては類同的な存在が集団を形成し、集団が類同的だと言えます。

ですから、『源氏物語』では主要な一人の女性を考察の対象に据えようとしても、女性の系譜というものが関係してきます。しかも、誰にとって「ゆかり」なのかというと、光源氏にとって、さらに薫にとって、いわば男によって意味付けられることで系譜をなしていることがポイントです。

ただ、後半の宇治十帖になると、薫が身代わりと思っている女性は、女性の方がそれを認めないというふうに、すれ違いが見られるのです。

勝山　シェイクスピアで言いますと、ロミオは、ジュリエットと出逢う前にロザラインという女性に想いを寄せている設定になっています。

しかしこの時のロミオは、恋に憧れているというか、恋に恋している状態です。ジュリエットに出逢った途端、彼は「自分は今までに恋をしたことがあったのだろうか」と呟きます。初めて知った本当の恋人はジュリエットであるわけで、身代わりとは言えませんね（笑）。シェイクスピアは、恋に恋して理想の恋人を想い描くのではなく、本当の恋というものの激しさを描きたかったのだと思います。

シェイクスピア作品だけを見ていると、系譜（genealogy）をなすものは、あまり見当たらないように思います。少しおっしゃっている内容とずれるかもしれませんが、同時代の他の劇作家の作品や、シェイクスピアが材源とした伝説や民話を辿《たど》ると、そこには系譜のようなものが見いだせます。

他のテキストとの系譜を考えると

廣田　そういう意味のテキストの系譜こそ、私の考える文学史なのですが、ここで今申し上げている人物の系譜というのは、作中の人物に系譜が創り出されるところに、長編となってゆく『源氏物語』の独自性があるということなんです。

おっしゃるように、違う作品との間で人物に系譜があるというのは、すぐ思い付く事例としていえば、『伊勢物語』の業平と光源氏、『竹取物語』のかぐや姫と紫上、浮舟といった具合に、です。

例えば『伊勢物語』を読んで『源氏物語』を読み、『源氏物語』を読んで『伊勢物語』を読むと、ぼんやりと「なんとなく似ているな」とか「ここは違うな」ということが浮かんできます。

作者が物語を書こうとするとき、光源《こうげん》のように光り輝く主人公は、どうしても前代の範型《はんけい》を襲わざるをえないでしょうから。それが神話なのか、物語なのかは違っても。

勝山　なるほど。

『伊勢物語』や『竹取物語』と、『源氏物語』との間には、主人公に系譜があるのですね。

シェイクスピアが『オセロ』を執筆した頃、イスラム教徒を主人公にした芝居が他の劇作家によって随分書かれたようです。イングランドとオスマン・トルコ帝国の間で交易が行われるようになり、人々の間でイスラム教徒への関心が一気に増しました。

それで、芝居の中にも異教徒が盛んに描かれるようになり、オセロもそうした系譜の中に位置する人物と言えます。

廣田　ヨーロッパの文芸において、異国の人々、異教徒の人々の登場が求められるということは何となく分かります。

勝山　当時は、オスマン帝国のサルタンがギリシア人の女性と恋に落ちながら、裏切られたことを知り、最後には自らの男らしさと、軍人に相応《ふさわ》しい名誉のために、最愛の女性を手にかける物語が流行しました。

その中のひとつであるトマス・ゴッフ作(*7)の『勇ましいトルコ人』では、イスラム教徒の主人公アムラスが凶行に及ぶ様が描かれます。アムラスは、愛人ユーモルフィが不貞を働いたと思い込み、ベッドに横たわるユーモルフィの首をはねます。彼はイスラム教徒を侮辱したキリスト教徒を処刑することで、自らの誇りを守り、イスラムの勝利を宣言するのです。

廣田　ともかく登場人物の個性が強いですね。

勝山　しかしシェイクスピア作品では、イスラム教徒の主人公という設定が、より複雑にされています。異教徒でありながらキリスト教に改宗したオセロは、オスマン帝国の侵略からヴェニスを守る将軍という立場です。公爵《こうしゃく》をはじめヴェニスの貴族たちは皆、オセロに篤い信頼を寄せています。

オセロのほうも、たとえ肌の色が違おうとも、自分がヴェニスの人々の尊敬を集め、上流社会に受け入れられていることを確信しています。

しかしそうしたオセロが、ヴェニスの貴族ブラバンショーの一人娘と密通すると、たちまち状況は一転し、オセロは汚《けが》らわしい肌の色をした、素性の知れない異邦人と罵《ののし》られます。ヴェニスの上流社会の人々の抱く根強い偏見が、いっきに吹き出します。シェイクスピアは人々の信頼の陰に潜む、醜《みにく》い偏見をあからさまに描くのです。

廣田　日本の文芸と違って、ほんとうに劇的ですね。

ですが、社会規範や制度を侵犯することで悪なる存在に転換するという構図は、洋の東西を問わず、物語の根幹なんですね。

勝山　そうした状況下における、ヴェニス人に対するオセロの懐疑心や、妻のデズデモーナに対する猜疑《さいぎ》心を、シェイクスピアは見事に描写して行きます。

オセロは、デズデモーナもまた、心の奥に異邦人に対する偏見を抱いているのではないか、自分の知らないところで異邦人を愚弄《ぐろう》し、同邦のヴェニス人と姦通しているのではないか、と妻を疑い始めるのです。劇の展開は実に巧みで、登場人物の心理的葛藤を描くくだりは、観る者をまたたく間に劇の世界へとひき込みます。

しかし結末では、嫉妬にかられ、妻を手にかけるオセロを描きながら、シェイクスピアの筆は、ゴッフの描いた主人公アムラスのように単純な人物造型に終わりはしません。この部分がシェイクスピアの実に面白いところです。

批評する上で、他作品と比較し、登場人物の系譜をもとに、人物の分析をすることも重要ですね。

シェイクスピアが材源とした作品と比較して、シェイクスピアがどこを改変したのかとか、同時代に上演された他の作品と比べてみることで、劇作家の工夫を探って行くと、堅実な論文が書けますよ。

人物の名前や呼び名には意味があることも

廣田　これは、日本の物語の叙述法独自の特徴なのでしょうか、別人物なのに同じ呼称で示されることがあります。

逆に、同じ人物なのに、場面や文脈が違うと、呼称が変化するということがあります。一度調べてみると面白いと思いますが、例えば、『源氏物語』の内部で、皇族の中では皇太子を除いて最高位は、式部卿宮という官職名で呼ばれる人物で、およそ五人いますが、すべて別人です。しかも、だいたい兵部卿宮が昇進して式部卿宮になりますので、どの巻の誰が、前はどの巻では誰だったのか、ということを確認しておかないと混乱してしまいます。

すでに清水好子という先生が、藤壺は「中宮」と呼ばれるのに、場面によると「女」と呼ばれることに注意しています（『源氏の女君』塙書房、一九六七年）。それは場面に即した役割を演じているからです。

ところがどうも同じ名で呼ばれる存在は、一定の意味というか、イメージを負うようなのです。

勝山　なんだか大変そうですね（笑）。

廣田　そういう面では、『源氏物語』に関しては注釈書や事典類、索引類が整備されていますから、これらをうまく活用すればよいわけです。

ところが、歴史好きの研究者は、個別の人物が歴史上の誰のイメージを背負うか、しかもそれが誰なのか、なぜかひとりに絞ろうと考えるんですね。文学の側から見ると、私は逆に登場人物は複数の人物像を融合させているに違いない、と思うわけです。

勝山　登場人物のモデルとなった、歴史上の実在の人物を探すという手法はよく見受けられますね。

廣田　やっぱりそうですか。それも悪くないのですが、そういう分析方法がすべてではない、と思います。

むしろ重要なことは、物語内部で、同じ呼称で待遇される人物同士に連関があるのかないのか、です。私は、そこに人物の系譜や複合があると思います。

また、光源氏と並び称された后は、局《つぼね》の名前から「藤壺」と呼ばれるのですが、天皇の御代が代わると、後宮の御后たちは入れ替えになります。それで、桐壺帝の藤壺と、朱雀帝の藤壺とがいて、両者は別人です。ところが、やっかいなことは、別人なのに同じ呼称で表現される人物は、やはり意味があって、ときに系譜をなしているのです。

勝山　複雑ですね。しかし、なかなか興味深い（笑）。

廣田　シェイクスピアの作品に、人物の呼び名に何か工夫はありますか。

私が興味をもつのは、人物の名前に何か仕掛けがあるかどうか、です。『源氏物語』の呼称で興味深いことは、人物が実名で呼ばれることは少なく、ほとんど呼称が用いられていることです。

例えば、官職名や地名、植物名などで呼ばれるのです。今でも、親戚の名前を言う代わりに、地名で呼んだりしますからね。

勝山　実名とは別に、あだ名で呼ばれる例ならあります。

シェイクスピア作品の『アントニーとクレオパトラ』では、エジプトの女王クレオパトラが「ジプシー」という蔑称《べっしょう》で呼ばれます。「ジプシー」という語はもともと「エジプト人(Egyptians)」を指す語であったものが、音韻変化したものです。しかしヨーロッパでは、定住せずに流浪の旅を続ける貧民たちをも、この名で呼んでいました。英国でも、大陸から流れてきた「ジプシー」たちに、英国の極貧《ごくひん》層が加わり、村々を渡り歩いたようです。そうした人々の中には、犯罪や売春に手を染める者たちも多く、民衆から警戒されていました。

廣田　蔑称とか、悪口のあだ名というものには力がありますね。

『落窪《おちくぼ》物語』の「落窪の君」は、継母から付けられた蔑称ですが、「落窪」という語は、女性のことをいう隠語ではないかという説があります。逆に、「光る君」や「かぐや姫」は讃美、賞讃の名前なんですが。

勝山　それぞれの意味があるわけですね。

　劇の中でクレオパトラが「ジプシー」という名で呼ばれるのは、女王を蔑《さげす》むためなのですが、やがて劇の最終場面ではこのあだ名が大きな意味をもつことに気付かされます。

　放浪の民「ジプシー」たちは、階級社会から排除された存在です。しかしだからこそ、社会のヒエラルキーの外から常に冷徹な眼差《まなざ》しで、為政者《いせいしゃ》たちの運命の転変を見つめています。権力の枠組みの外側に生きる者であるからこそ、地上の権力の空しさを知り抜いていると言えるのです。

廣田　ほほう、クレオパトラにそんな蔑称があるなんて、全く知りませんでした。

勝山　そうなんです。クレオパトラに向けられた蔑称は、劇の最後で見事な逆展開をもたらします。

　彼女はローマに敗北しますが、勝ち誇るローマ皇帝の驕《おご》りを嘲《あざ》笑います。「ジプシー」と蔑称で呼ばれた女王が、悠久の歴史における一時の勝利の意味を問いかけるのです。

　皇帝オクタヴィアス・シーザーは、まさに自分こそがヒエラルキーの頂点に立ったと信じ、満面の笑みを浮かべますが、クレオパトラの台詞は、永い歴史の流れから見れば、彼の勝利がいかに儚いものであるかを思い知らせてくれます。

シェイクスピアは、自ら命を絶つエジプトの女王に、現世の栄華を嘲笑させることによって、時空を超えた崇高さを与えようとしていたと考えられます。シェイクスピアが、あだ名や蔑称に深い意味をもたせていたことを知るのも面白いと思います。こうしたテーマを追うだけでも、充分卒業論文が書けると思いますよ。

さらに別の角度から登場人物を分析してみると……

廣田　人物論で思い出すのは、光源氏の兄朱雀院の娘で、光源氏の晩年に正妻となる幼い女三宮という人がいます。以前、「女三宮は、ほとんど内面というものが描かれていないので、人物論ができません」と言った学生がいました。これは小説の読み方に毒されていますね。

勝山　こうした場合は、どのように読めばよいのですか。

廣田　確かに、女三宮は誰ともあまり会話を交わさず、ほとんど言葉を発しないのですが、①容貌、②衣服、③楽器、④和歌は記されています。おそらく、人物を描くのにあたって会話や発言だけでなく、このような方法で姫君を描くということが、古代物語の特性だったのではないかと思います。

勝山　なかなか面白いですね。

演劇の場合は、役者の容姿や体型、更に衣装は、上演ごとに異なる可能性があり、上演論ならともかく、作品の批評の対象としては難しいように思いますね。

廣田　そうでしょうね。演劇では俳優というか、キャストや演出の問題があるでしょうから。『源氏物語』の場合ですと、彼女の①容貌というのは、女性や姫君の美しさを描くにあたって、絵巻などでは、いわゆる「引き目鉤鼻《かぎばな》」と言われるように類型的なので、物語で容姿を評価するポイントは、髪や額つき、眉つきなど、決まっているのですが、人物ごとに美点が少しずつ違っています。

②衣服は、女性の場合、衣服の色相《しきそう》と色の取り合わせた襲《かさね》が何襲なのか、素材が絹だとか、渡来の高価なものだとか、織り方がどうだとか、それは細かく描き分けられているのですが、これは難問中の難問で、そこにきっと意味があるはずなのですが、そこがなかなか分かりにくいのです。

また③楽器は、身分や系譜によって、どういう楽器を誰が弾くのかが異なっていて、これにも描き分けがあります。例えば、紫上は和琴《わごん》、明石君は箏《しょう》を弾きますが、光源氏の得意とする琴《きん》の琴、七絃琴を弾くのは女三宮だけで、格別の扱いがされていることは間違いありません。

さらに④和歌が、人物によって一番違いが出ます。小説の描写と比べると、物語の語りは力点の置き方が違うのでしょうね。

勝山　なるほど。興味深いですね。

上演論では、オセロがどのような衣装を身につけるかが問題となることがあります。例えば、オセロが異教徒であることを強調するため、ターバンを被り、東洋風のローブをまとったり、三日月刀を携えるといった演出がたまに見られます。しかしこうした演出はふさわしくないでしょう。これでは異国人である自分のアイデンティティを、ことさら強調することになってしまいます。

オセロは自分がヴェニス社会に完全に溶け込んだと信じ込んでいるわけですから、ヴェニス人役を演ずる他の登場人物と全く同じ服装で登場すべきではないでしょうか。肌の色は違えど、ヴェニスの上流社会に適応したと思い込むオセロの内面が、彼の服装からも、うかがえるはずです。

上演に際しては、こうした衣装や小道具にも、登場人物の内面への理解が求められることはありますね。

廣田　上演に際して、衣装などの演出に影響してくるわけですね。

勝山　ところで、『源氏物語』に異教徒などは出てこないのでしょうか。

廣田　高麗人《こまうど》はそうかもしれません。

なぜ高麗の国の相人なのか私は不勉強でよく分かりませんが、冒頭の桐壺巻で、光源氏を造型するにあたって、高麗人の予言（桐壺巻）が彼の人生を具体的に枠付けていることにおいて、他の人物の扱い方とは違います。ただ、相人が光源氏の顔を観じてあれこれ言えるというには、何か対照する一覧表というか、観相学が成立していないといけないと思います。夢解《ゆめと》きでも、夢の吉凶を占うには、一覧表というか、学というものが成立していないといけないのと同じですからね。

勝山　西洋においても、人相学は古代からあるようです。

西洋文学の中にも、こうした人相学を用いていると思われる作品があります。中世に書かれた、チョーサーの『カンタベリー物語』のプロローグにおける各語り手の人物描写などにも、人相学の影響が見られるようです。

しかし演劇では、登場人物の容姿を特定してしまうと、劇団の役者に役を振り難くなってしまうので、言及されないのでしょう（笑）。

廣田　そこは緩《ゆる》やかにしておかないといけないわけですね（笑）。

イコノロジー（図像解釈学）の可能性

勝山　劇の場合、台詞の中で展開される絵画的な描写が重要な意味を持つこともあります。

廣田　それはどんなことですか。

勝山　先ほど例に挙げた『アントニーとクレオパトラ』では、かつては勇壮な名将であったにもかかわらず、妖艶《ようえん》なエジプトの女王の魅力の虜《とりこ》となり、放蕩《ほうとう》生活を送るアントニーの様子を、台詞が伝えています。

第二幕五場でクレオパトラは言います。「翌朝、九時頃、私はあの人を酔わせて寝かしつけた。そして私の着物やマントをあの人にかけると、私はあの人の名剣フィリッパンを腰につけた」と。彼女の台詞《せりふ》から、クレオパトラとアントニーの男女の役割が逆転している様子が分かります。

この台詞から情景を思い浮かべた当時の観客は、ルネサンスの絵画に登場する軍神マルスと美神ヴィーナスの姿を思い出したに違いありません。

廣田　絵画との関係ですか。

勝山　当時の絵画の中では、軍神が美神の愛の魔力によってなす術《すべ》もなく虜になったという喩《たと》えとして、勇猛なマルスは鎧《よろい》を解いて眠りこけ、傍らのヴィーナスは彼の鎧を弄ぶ構図が描かれました。

こうした図像学の研究はイコノロジー（図像解釈学）研究と呼ばれます。図像学は、美術史において絵画とそれを生み出した社会や文化の関係を解明しようとします。エルヴィン・パノフスキー(＊8)等の図像学研究が成果を挙げ、その影響を受けて文学研究にも取り入れられるようになりました。

あるいは、クレオパトラとアントニーの男女が入れ替わるこの箇所は、観客の胸の内に、ギリシア神話を想い起こさせたかもしれません。神話に描かれた女王オンパレーの物語では、ヘラクレスが三年間にわたって女装して女王に仕えたというエピソードが綴られています。

廣田　結局のところ、勝山さんは、イコノロジーの研究を評価されているんですか。

サンドロ・ボッティチェリ作『ヴィーナスとマルス』(1483年)

勝山　シェイクスピアは、こうした絵画や神話のモチーフを複雑に台詞に組み込んで、それぞれの人物や場面の構図を造り上げています。台詞を耳にする観客の想像力に、絵画や神話の伝統を通して訴えかけるわけです。

こうしたアプローチがあるということも、表現を理解する上で知っておいたほうが良いでしょう。

これらのことからも、登場人物を生身の人間として批評・分析する方法ばかりでは、多くのことを見落としてしまうことになりかねないことが分かります。

廣田　教えていただくと、シェイクスピアの作品には、随分と広がりと奥行きがあるんですね。

和歌は難しくない

勝山　和歌は日本文学の特質でしょう。

廣田　おっしゃるとおりです。

説話とは違い、物語では和歌は不可欠であり、重要な役割を果たしています。物語では、地の文でも、さりげなく和歌の一句を引用したり、歌語を用いて説明しますから、ふつう散文と呼んだりするのですが、実は、物語は散文とは全然違う性質をもつものです。ところが、残念なことに学生は、和歌の苦手な人が多いので、こういう問題にはあまり興味を持たれることがないんです。

しかも、『源氏物語』は、どうも人物ごとに和歌の歌い方を描き分けているみたいです(*9)。例えば、光源氏の生涯の恋人であった紫上は、歌い方がストレートなのです。『萬葉集』には、和歌が「正述心緒《せいじゅつしんちょ》」「寄物陳思《きぶつちんし》」「譬喩《ひゆ》歌」というふうに三分類されています。紫上の和歌の多くは、この「正述心緒」にあたります。

勝山　紫上という女性は、どのような和歌を詠んでいるのでしょうか。

廣田　例えば、光源氏が、「理想」の恋人とする藤壺にそっくりな少女若紫(後の紫上)を北山で発見し、自邸に引き取ったとき、若紫を前に光源氏があなたは藤壺の「ゆかり」と詠むと、若紫はなんと「私は誰の「ゆかり」なのか」と光源氏に向かって歌います。若紫自身はまだ幼く、自分の身の上については理解できないのですが、読者にはどきりとさせるところで、人物の存在の意味を問うような歌を詠むのです。また、光源氏が政争に巻き込まれるのを恐れて須磨の地へ赴《おもむ》くとき、もうこれで会えなくなるのではないかと思った紫上は、光源氏に直接「惜しからぬ命にかへて目の前の別れをとどめてしがな(自分の命とひきかえに目の前の別れをとどめたい)」(須磨巻)と詠みます。

また、兄朱雀院が出家に向けて娘女三宮の処遇に悩んでいることについて、朱雀院に対して、手紙で「背く世のうしろめたくはさりがたきほだしをしひてかけな離れそ（出家するのに際して、この世を離れにくいのなら、いっそのこと娘の女三宮を手離すな）」（若菜上巻）と詠みます。当時の女性が、こんな過激な歌い方をするのだと驚くほどです。

勝山　積極的ですね。現代で言うなら「肉食系女子」でしょうか（笑）。

廣田　まぁ、そんなこともないでしょうが（笑）。

紫上は、最高の品格とか無類の美質とかを備えていますが、存在の本質には残酷というか、本音《ほんね》でものを言う性格が与えられていると言えます。先にも触れましたが、紫上が朱雀院に、「現世の執着を断ち切れないなら、娘のことで周りに迷惑をかけるな」と歌うのは、上皇を相手に「失礼」な振舞とみえるのですが、朱雀院の行動の「愚かさ」を射抜いていて、読者に事柄の本質を示してみせるという働きをしています。

ただ和歌については一般的に申しますと、物語では、贈答に用意するハレ（晴）の和歌は、いわば「よそゆき」で、掛詞や縁語、序詞など技巧を凝らすのですが、親密な間柄でうちとけた状況のケ（褻）の和歌は、技巧を凝らす必要はありません。[*10] いずれにしても紫上は正述心緒的な詠み方をしています。ひょっとすると、そういうところに、紫式部の心底が露出していのかもしれません。

昔、『サラダ記念日』という歌集で有名になった俵万智《まち》さんという歌人が、『愛する源氏物語』（文芸春秋社、二〇〇七年）という本を書いています。古典の和歌を現代語で、しかも歌の主旨をみごとに詠み直すとともに、物語の内容に解説を加えています。もし『源氏物語』の入門書を一冊だけと言われたら、私はこの本を推薦します（笑）。

勝山　日本の詩歌の伝統は、花鳥風月を詠むものではないのですか。

廣田　ええ、そのとおりです。

神や仏など超越的な存在との交流に、和歌が媒体として用いられる伝統はあるのですが、大勢は、景物《けいぶつ》つまり花鳥風月に寄せて人物の心情を表すという詠み方が中心です。

ですから『源氏物語』では、いつも季節と植物と人物とが連鎖しているのです。春になると、春の人である紫上が登場するというふうに、季節が物語を開くのです。

春の女性である紫上は、春の季節になると桜を愛で、桜の着物を着て、桜色の紙で桜の和歌を詠むわけです。

和歌でいえば、「寄物陳思」という様式が、和歌から俳諧に至るまで、日本の伝統的詩歌の基本です。花や鳥に寄せて心情を陳《の》べる、というわけです。そして、物語の場面の多くが、寄物陳思、つまり景物に寄せて和歌を詠み交わす、贈答・唱和することを中心に置いています。

ただ最近、私が考えていますことは、『源氏物語』では、春の月や秋の月といった伝統的な美意識はもちろんあるのですが、むしろ晩秋の月や冬の月といった、今までなら「興醒《ざ》め」とされたような風景に、人物の心情や思惟、人間関係の状況を託すことが目立ちます。このような偏りは、『紫式部集』『紫式部日記』にも見られますから、私はもしかすると紫式部の発明した独自の美意識ではないかと考えています。

勝山　やはりそこは日本文学の素晴らしさだと思いますね。

廣田　平安時代では、和歌の詠まれる場が、公式的なハレの場か私的なケの場か、ということによって和歌の詠み方は変わります。公的な場では、儀礼的な詠み方になりますし、私的なケの場でも、挨拶をするようなケの中のハレの場では、儀礼的な詠み方になりますが、心を開いたケの中のケの場では、技巧を必要としないものになるわけです。

私は、勝山さんには心を開いていて、ケの中のケの話しかしていませんよ（笑）。

勝山　そう信じております（笑）。

シェイクスピア劇と詩の形式

勝山　先にもお話したように、シェイクスピアの台詞は、各行がブランク・ヴァースで書かれていて、日常会話とは異なります。

台詞自体が詩の形式ですが、劇中の台詞に特別の詩形を取り入れることもあります。例えば『ロミオとジュリエット』の中に描かれた、恋人たちの出会いの場面は有名です。

モンタギュー家の御曹司《おんぞうし》ロミオは、敵対するキャピュレット家の舞踏会に忍び込みます。彼はそこで出逢ったキャピュレット家の一人娘ジュリエットに一目惚《ひとめぼ》れしてしまいます。大勢の来客に紛れながら、ようやくジュリエットに近づいたロミオは、彼女に語りかけます。まずはロミオから四行の台詞、それに答えてジュリエットが四行。続いてロミオ、そしてジュリエットというように交互に台詞を交わして、ちょうどロミオが一四行目を言い終わったところで口づけです。

廣田　すごい構成ですね。

これは教えていただかないと分からない。そういう仕掛けがあるなんて。

物語だと、場面の中の最もクライマックスに和歌が発せられる、という構成をとりますからね。それと少し似ていますか。

勝山　実は、この箇所は、当時流行したソネット（sonnet）という詩の形式になるよう工夫されています。

ソネットはイタリア発祥の詩形で、一六世紀の英国で大流行しました。この詩形は「弱強五歩格」の各行が韻を踏みながら、全体として一四行で完結します。なかなか難しい詩形なので、詩人たちは自分の才能を誇示するために、ソネットの執筆に躍起《やっき》になりました。

劇作家であると同時に詩人でもあったシェイクスピアも『ソネット集』を執筆しています。彼の『ソネット集』は、さすがに素晴らしい出来映えで、貴族たちの間で盛んに読まれたようです。

『ロミオとジュリエット』の劇中、若い恋人たちの台詞が絡み合い、ひとつのソネットを形成するという手法は、いかにもおしゃれで、詩人でもあるシェイクスピアの遊び心に富んだ、ひときわ手の込んだ演出だと言えます。

ただしシェイクスピアは、他の詩人が躍起になって取り入れようとした詩の常套句をわざわざ、とひっくり返して描いてみせ、観客や読者を驚かせるところがあります。

例えば、有名な恋人たちのバルコニー・シーンで、ロミオは「清純な月にかけて」とジュリエットへの愛を誓おうとします。当時、月は純潔・貞節の象徴と考えられていました。したがって「清純な月にかけて」という表現は、詩の常套句で、多くの詩の中で展開された手法なのです。

しかしこの台詞に対して、すかさずジュリエットは、「月にかけては誓わないで」と応じます。満ち欠けして姿を変える月のように、あなたの愛が変わるのがこわいからというのですが、この切り返しは巧みです。シェイクスピアは、従来の詩の表現に飽き足らず、わざと逆の発想をもってくるのです。

こういうふうに読むと、伝統的な詩の表現とそれに対する逆転の発想を研究テーマとしても面白いと思います。

廣田　それって、物語における和歌のやりとりに似ていますね。でも、そういう表現の遊びを読み解く分析がすごい。と同時に、それほど彫琢《ちょうたく》された作品だということがすごいと思います。

そうか、文体がそもそも違うのですね。日本の詩歌は、音数律が基本ですから、そのような隠された規則性や美学は希薄です。さっきも申しましたが、物語の文体も、散文とみえて、むしろ和歌的な文章であるところに特質があります。この文体の研究というのが、難しくて魅力あるテーマですね。

勝山　和歌的な文章というのも重要ですね。学生時代から、そういう点に注目しておられたのですか。

廣田　いやいや、学生のころは、そんなこと全く知りませんでしたから。

方法的に分析するというのは、やはり学問的手続きを学ぶ必要があるので、私が大学に入ったころ、学生の研究会で先輩たちが「やっぱり藤壺は光源氏のことが好きだったんだ」（笑）とか、「薫か、匂宮か、どちらが主人公なのか」などといった議論を倦《う》むことなく、しかも真剣に議論していました。でも本当は論点がずれていますよ、と（笑）。

勝山　こういう議論は、物語の性質から随分と離れたところに行ってしまいますね。

廣田　確かに、私たちも分かりやすく説明するために、「主人公」という用語を使うことはありますが、「主人公」はそもそも小説の概念で、古代の物語に「主人公」という用語がふさわしいかどうか、問題があります。

いったい主人公って何なんだ、ということですね。

椎本《しいがもと》巻や総角《あげまき》巻の薫などは、主人公というよりも、引き立て役で、おしゃべりな大君の聞き手に徹しているように見えます。主人公は女君ではないか、と。ところが浮舟巻以降は、浮舟も薫も主人公にみえてきます。というのは、物語では、最初から主人公は一人と決まっていたわけではないのですから。

もうひとつ、人物といっても物語では、基本的には男と女とが場面を構成することが普通ですから、物語の場面によっては、あるときには男に焦点が当てられたり、あるときには女に焦点が当てられたりしますから、物語の登場人物は「主人公」といえるほど固定的なものではありません。[*11]

テキストに焦点を当てたニュー・クリティシズムの読みかた

廣田 人物論以外に、分析方法としてどんなものが知られていますか。

勝山 英米の文学批評には、作品だけに焦点を当てて分析しようとする方法があります。「ニュー・クリティシズム」[*12]です。

廣田 ニュー・クリティシズムは、国文学の研究でも早くから認知されていて、私も学生時代に「洗礼」を受けました。

英文学では、どのように理解されているのですか。

勝山 二〇世紀前半に登場してきたこの批評方法は、主に詩の分析を中心に展開されました。

半世紀以上前に登場したのに、「ニュー」なんて呼び方は不適切なのですが（笑）、ともかく当時は新しい考え方として、もてはやされました。

それまでの批評では作品の解釈に、しばしば作者の伝記的要素や作品が書かれた執筆状況などが重視されてきました。

廣田　その「従来の批評」というのは、歴史主義的な読み方のことですね。

勝山　そうです。作品の書かれた時代背景を明らかにしたり、作者の伝記的事実と照らし合わせながら作品が執筆された事情を論じたり、ということになりますかね。

しかし、ニュー・クリティシズムは、あくまで作品だけを分析の対象とし、その他の要素は一切排除して考えようとします。解釈において、作者が執筆に際して抱いた感情や、作者の価値観、信念などは全く関係ありません。また作品が生み出された時代や社会も考える必要はありません。

廣田　でも、本当のところ、それでよいのですか（笑）。

勝山　まあまあ、ちょっと待ってください（笑）。

ニュー・クリティシズムは作品の形式に焦点を当てた手法ですから、これはこれでひとつの分析方法であると思います。

ニュー・クリティシズムの批評家たちは、優れた文学作品には時代を超えた重要性があり、それを生み出した作者の伝記的事実や、その作品が誕生した時代を論ずることは、逆に作品の普遍性から目をそらしてしまうことになると主張しました。

廣田　やはりそうですね。私もそう理解してきました。

勝山　作品解釈に慣れていない読者は、しばしば作品の中に作者が意図したこと見出そうとしたり、時には読者自身が思うところを読み込んだりしてしまいがちです。

しかし優れた詩は、作者の個人的な感情の表明などではなく、作者の内的思考をすべての人々に共通する内的思考に結びつけることによって成立するものだと考えたのです。

したがって詩の意味を理解しようとして、作者の伝記を調べたり、書かれた時代を考察することは不要だとされました。詩の意味は、作者の胸中や、作者が生きた時代に存在するのではなく、詩作品の中に、まさにその形式の中に存在するというわけです。

廣田　うーん、そうですか、極端すぎませんかね。『源氏物語』が長いテキストであることと関係するかもしれませんが、人物が設定され、課題が与えられると、物語は自己運動的に展開する、そういう意味で、内部に強く自律性が働いていることは間違いありません。あるいは、先験的にテキストを自立したものとみるという考え方も分かります。

ところが、古代の物語の中で完成度が高いと考えられる『源氏物語』ですら、どれくらい完結性、統一性があるかというと、どうも緩いところがあるんです。あれっ、これは伏線かなと思うと、ずっとそのまま放置されたり、内容上目を覆うほどの齟《そ》齬《ご》があったりするのです。しかしそれは「矛盾」ではなくて、古典というものそのものの「雑駁《ぱく》」なありかただと認めた方がよいと思います。何よりも物語の方向を「作者」が強引に介入して決めてしまうことがよくあるのです。

勝山　なるほど、それが古典というもののありかたなのかもしれませんね。

廣田　ですから、理屈はそうでも、ニュー・クリティシズムの方法をあまり絶対化すると、テキストの分析に害を及ぼすと思うのです。

　正直なところ、テキストの自律性を認めた上で、最近、私は本当にそれでよいのか、疑い始めました。なお強引に「作者」が物語内部の状況に介入し、一方では作者の意図しないところでも、時代という歴史が侵蝕してくるということを認めざるを得ないと確信するようになりました。

　結局、作品とはひとまず作者の意図の実現ではあるのですが、いったん物語が成立すると、物語自体の世界が自立して、自律的に動き出すという側面があることは間違いないので、要は考え方の兼ね合いですね。

勝山　廣田さんのおっしゃることもよく分かります。

ニュー・クリティシズムにおいては、詩は完成された一個の芸術品と見做《みな》され、作品の細部をなす矛盾、反語、そして曖昧《あいまい》さなども、すべてが統一された全体の構成を成立させる重要な要素であると考えられました。

作品の精読を通して、この構成を読み解いていくことこそ、作品分析作業なのです。こうした方法論に依拠する批評家たちにとって詩の解釈とは、まさに完璧な芸術品を鑑賞するという審美《しんび》的経験に他ならないのです。

たとえ作品の成立状況に関する知識が全くなくても、詩歌の伝統を理解し、詩の分析方法を身につけた読者なら、詩の構造の詳細な分析を通して、正しい解釈に辿り着けるはずだと、ニュー・クリティシズムの批評家たちは主張したのです。

ニュー・クリティシズムにおけるイメジャリ（心象）研究とは

勝山　シェイクスピア作品の分析方法も、ニュー・クリティシズムの影響を受けて、台詞の中に展開される表現技法へと、研究の関心が向けられるようになりました。

何しろ当時の劇場は、照明や音響効果の乏しい裸舞台ですから、劇作家としては台詞の中に様々な修飾や比喩表現を多用して観客の関心を呼び起こそうとしています。台詞の中で使用される比喩表現や象徴表現を一般に「イメジャリ（imagery）」と呼び、日本語では「心象《しんしょう》」と訳されます。

「心象」は、国文学では、あまり注目されないのでしょうか。

廣田　このイメジャリという分析用語を用いた研究は、国文学ではどれくらい「普及」したかは不明です。おそらく国文学では、違った形で展開しているかもしれません……。

勝山　例えば『ヴェニスの商人』の中に、「さわやかな春の一日が、華やかな初夏の前触れとなる晴れやかさも、この若者には及びません」という表現があります。これは箱選びに挑戦しようとするバサーニオの到着を告げる使者の台詞です。比喩を用いながら、颯爽《さっそう》としたバサーニオの到来の様子を伝えています。

こうした比喩がイメジャリで、修辞的に台詞を飾るだけではなく、劇全体のトーンを形作ったり、登場人物の性格を描写するのに効果を発揮します。ここでは、ポーシャの快く思わない挑戦者が続いた後、いよいよ箱選びの試練に大きな転機が訪れたことを観客に告げています。

そして、箱選びという試練の前に、相思相愛の二人が語り合う台詞では、次々にイメジャリが展開され、二人の感情の盛り上がりが表現されます。

廣田　ああ、なるほど。そういうふうに考えるんですね。

勝山　イメジャリの使用を考察すると、『オセロ』では人物の内面描写にも効果をあげていることが分かります。『オセロ』の前半では、主人公オセロの台詞に高尚で詩的なイメジャリが使われています。

それと対照的にイアゴーの台詞には動物的で、残忍なイメジャリが多用されています。観客が登場人物の内面を思い描きやすいよう、工夫されているわけです。

しかし劇が展開していく中で、オセロの台詞にもイアゴーのような動物的で卑俗なイメジャリが顔を出すようになります。オセロの内面の高潔さが、イアゴーの虚言によって徐々に貶《おとし》められ、嫉妬の思いに蝕《むしば》まれていく状況を描くのに、シェイクスピアはイメジャリを巧みに操作しているわけです。

廣田　それと対応しているのかどうか分かりませんが、早く、小西甚一氏が「光」とか「薫」といった語を、登場人物の徴《しる》しと、宗教性との関係について論じています（「源氏物語のイメジェリ」『解釈と鑑賞』一九六五年六月）。

また、上坂信男氏が「小野の霧・宇治の霧—源氏物語心象研究断章—」（『言語と文芸』一九六八年一二月）という有名な論文を書いていて、霧が自然と季節と心象とに結びついていることを論じています。

勝山　なるほど、国文学でもイメジャリを分析の手法とした研究があるようですね。シェイクスピアでは、他にも、イメジャリが作品全体の主題と、効果的に結び付けられている場合があります。『マクベス』では「借着」にまつわるイメジャリが現れますが、これは主君《しゅくん》を手に掛け、王位を簒奪《さんだつ》したマクベスを揶揄《やゆ》するために使われています。また「反響する音」のイメジャリは、人間の性格にこだまし、歪みを与える「罪の意識」を、更に「光」と「闇」のイメジャリは、「光」が「生命」と「善」と「徳」を表すのに対して、「闇」は「悪」と「死」を想起させるという効果を生じさせるよう、巧みに台詞の中に組み込まれています。

作品には様々なイメジャリが使われていますから、自分が重要だと思うイメジャリを取り出し、それを登場人物の人物造型や、作品全体の主題と繋げていくことができれば、説得力のある論文になります。

イメジャリについては多くの研究がなされてきましたから、参考文献もたくさんあります。いちど調べてみることも有益だと思います。

廣田　分かりました。それでは、何が物語を解読する心象のキィ・ワードなのか、と考えてはどうでしょうか。

小西氏も少しばかり触れているところなのですが、私が興味をもっていることは、出生の秘密を抱きかかえている薫という男は、宇治川に浮かぶ柴舟を見て、「あれが自分だ」と呟きます。不安定で、よりどころのない自分みたいだと。この「舟」の象徴性は、後に「行くへ知られぬ」浮舟という女性を象徴する表象となります。宇治十帖の全体にかかわる舟のイメージは、物語全体を支えているといえます。

イメジャリの研究というのは、このように理解してよいですか。

勝山　そうですね。『源氏物語』などにも、あてはめて考えることができるのかもしれませんね。

シェイクスピアのように台詞を複雑に作り上げている作家の場合、作品の精読は非常に大切な作業だと思います。というのも、イメジャリ以外にも着目すべき研究があります。

ウィリアム・エンプソン(＊13)は、『オセロ』の中で五二回も使用されている honest や honesty

という語に注目し、イアゴーに対して使われた場合の意味を分析しています。こうした緻密《ちみつ》な読解が作品のより深い理解へと導いてくれるように思えます。

廣田　よく分かります。テキストを分析してどこへ向かうのか、影響関係をいうのか、担い手や作者の「個性」をいうのか、精神史へ向かうのか、今のところ私は、文学研究としては、結局、表現の工夫や仕組み、仕掛け、テキストの構築性を明らかにして行くことが目的だと言い続けています。

ただ、古典の場合は、先に、もしかすると比較的統一性の強いテキストと、もっと緩いテキストがあると考えておいた方がよいかもしれません。

勝山　確かに、ニュー・クリティシズムの批評家の主張に対して、反発を感じてしまわれるかもしれませんね。

しかし作品の形式を分析する一つの手法として、私はニュー・クリティシズムが、ある程度有効だと思います。作品は、どのように光を当てるかによって、その輝きが違うものなのではないでしょうか。異なる方向からアプローチすることによって、また異なる魅力を見せてくれるように思います。

今では評判の悪い構造主義ってどのようなものか

勝山　廣田さんがよく言っておられる構造主義について教えてください。

廣田　私は、構造主義者ではありませんよ（笑）。

ところが今でも、私に面と向かって「あなたは構造主義者だ」と「悪口」を言われることがあります。

最近では、構造主義を口にすると、学生や後輩から馬鹿にされるので、あんまり気が進まないのですが、私が学生時代によく読んだのは、レヴィ・ストロースです。

感銘を受けたのは『構造人類学』『野生の思考』『悲しき熱帯』などです。私はフランス語も英語も、からっきしできませんので、ともかく英語の翻訳も買いましたが、読んでいません（笑）。

行きつ戻りつ、もっぱら分かりにくい翻訳で読んだのですが、もうそのころ一九七〇年代から、『悲しき熱帯』には、レヴィ・ストロースが「文明人」の側から「未開人」を差別して見ているという批判は耳にしていました。ま、それは文化人類学が初まりから持っている宿命だったわけですけれど……、

勝山　廣田さんの言われる「感銘」を受けたというのは、どのような点に対してですか。

廣田　一九六〇年代の末から七〇年代にかけて、私は学生として大学にいて、今目の前に起こっている政治的な激動の毎日に翻弄《ほんろう》されていました。

そのとき、文化人類学の思考では、歴史を超え、政治すらも相対化してしまうので、そんなふうに考えることができるのか、というおどろきもありました。同時に、無名の人々の「歴史」を掘り下げる民俗学に興味をもちました。それから無名の人々による在地（field）の伝承というものに興味をもったわけです。

勝山　英文学では、フィールドということをあまり言わないのですが、フィールドとはどのようなイメージですか。

廣田　古典文学の研究にとって文献史料はもちろん大切ですが、今現在人びとが生きて暮らしている地域は、人文学の言うフィールドと考えてよいと思います。

フィールドということで思い出したのですが、私が高校の教員をしていたころ、同僚に地学の先生がいました。彼は宇宙物理学の研究者で、学校の遠足のときにハンマーを持って行き、崖や地層の露出しているところに出会うと、あちこち叩いていました。地球の生成の仮説をフィールドで確かめるのだ、と言っていました。理科系と文科系と、全く領域は違うのですが、彼は私に、考察のためのバックグラウンドとしてのフィールドを持っていることが嬉しいと言ってくれました。

勝山　廣田さんは、文化人類学をどのような学問として捉えておられるのですか。

廣田　文化人類学の解説も、私のよくするところではありません（笑）。ただ、落ち着いて考えてみると、「構造」という捉え方は、バラバラに見える現象をひとつの原理に還元できるという思考法であるということに驚きました。

文化や儀礼と文学との間には共通性がある

廣田　特に『構造人類学』で、私が興味をもったのは、相同性（homology）という概念です。文化や儀礼に相同性を見るという思考です。そうすると、文学は「孤立」しているわけではなく、文化や儀礼と同じ構造をもつというわけですから、文学を構造的に理解することは文化や社会の構造的理解と重なる、というわけです。

勝山　なるほど。文化や社会の構造的理解と文学の構造的理解について、具体的に例示していただけますか。

廣田　例えば、神話は儀礼と構造において同じだということです。

祭祀や儀礼を構造化できれば、神話の構造を確認できるのです。言語で表されない神話は、儀礼そのものが身体において表現していることと同じだと言えるわけです。すると、祭を見ることが神話を研究することになるのです。

勝山　シェイクスピア研究においても、祝祭という社会儀礼とシェイクスピア喜劇という演劇形態を重ねて考える文化人類学的手法があります。

例えば、C・L・バーバー[＊14]によって展開された祝祭研究が有名です。英国の五月祭などを取り上げながら、そこに見られる無礼講と秩序回復の過程を、シェイクスピア喜劇の中に辿ることによって喜劇の本質を探ろうとする研究です。なかなか面白いです。

廣田　まあでも、この作品のここが祝祭だといっても、結局、刀で作品を切り取るだけになってしまうことが多いんですよ（笑）。

『野生の思考』には、ブリコラージュ（器用仕事）という概念があります。これは訳語がまずいと思いますが、ただ、この概念は伝播《でんぱ》論や影響論を考える上で参考になります。

例えば、分かりやすい例でいうと、フランス料理が日本に輸入されたとき、素材がなければ「間に合わせ」のもので、日本にある材料を用いる。それは、文芸でも一緒で、外国籍の作品が持ち込まれると、日本の人名や地名、モティフなどを用いて日本の物語にしてしまう、というものです。

つまり、もともと外来のものであっても、伝播し定着するには、その土地にある「間に合わせ」のもので代用されてしまうという発想は興味深かったですね。だから、言語伝承でも、枠組みはあまり変容せず伝わり、基本は同じなんだけれども、表現の表層は土地土地で変化する、ということができます。

勝山 なるほど、ブリコラージュですか。身近なもので代用することですね。

現在の廣田さんは、構造主義をどう評価しておられますか。

廣田 私はその後、山口昌男(＊15)という文化人類学者に魅かれていったのですが、ものごとやテキストを大摑みするのに、構造的理解は適しています。

勝山 確かに構造主義のアプローチは、個々の文学作品の解釈を、より高みから眺めて、より大きな抽象的な構造を解明しようとしますからね。

廣田 しかし、そのころすぐに疑問が湧いてきました。

複雑な現象やテキストすべてを、単純な原理・原則に還元するだけでよいのか、例えば、山口さんの中心・周縁論もそうですが、いわゆる「二項対立」の分析は分析する側の問題なのか、対象とするテキストに内在する枠組みなのか、どっちなんだ、区別できないぞというわけです。しかも、テキストの個別性や個体性は問われないのです。

勝山　構造主義を主張した文学批評家としてはロラン・バルト[*16]がいますね。

バルトは『作者の死』において、作品の意味を生み出す絶対的支配者のような作者の存在を否定し、むしろ作品の意味は読者が再構成するものだと主張しました。したがって作者の存在を前提とした「作品」という呼び方よりも、「テクスト」という名で呼ばれるようになりました。バルトによれば、「テクスト」には絶対的意味など存在せず、他の様々な「テクスト」によって織りなされた多層的な遊戯の場で、読者こそがそこで意味を生産するのだと言います。

廣田　確かに、そう言われていますね。ただ、そのころの私は、構造的理解だけでは「作者」も「読者」も、国文学を研究する「私」も浮かばれないではないか、と思ったわけです。つまり、置いてきぼりになるのは、作品個別の表現です。ともかく、私はそこから長い長い試行錯誤が始まったのです(笑)。

神話研究や民俗学的研究はどれくらい有効なのか

勝山　国文学において、神話研究の成果についてはどういう状況ですか。

廣田　どう考えても、神話学者は、まず外国語に堪能《たんのう》であることが必須なようで、少なくともその地域の神話を原語で理解できないと、比較神話的な研究はできないとされているわけですが、私は関西訛《なま》りの日本語しかできません（笑）。

ですから、私なんかは「日本語に翻訳された」神話学の成果を「頂く」しかないわけですが、神話学では外国と日本の神話、諸国間の神話の比較をするときに、ややもすると、構造とか、モティフとか、象徴性とかといった次元で同一か否かを判定しているように見えます。何だかんだ言ったって、比較してみて、あ一緒だとか、おんなじだという感覚的な次元の判断が元になっている、ように見えるのです。

ところが国文学だと、それではあまりにも大雑把《おおざっぱ》すぎる気がして、どうしても表現の次元の細かな分析とか、歴史的な分析が伴わないと論が成り立たないように感じるのです。

勝山　同感ですね。

神話研究はどうしても大雑把なことになりかねません。諸国間の神話の類似性は、それはそれで興味深いことではあるのですが、直接シェイクスピア研究に関わってこないように思います。似ているという指摘で終わってしまうような……。

廣田　国文学から言えば、神話学から影響を受けると言っても、神話学にも人によって色々な方法がありますから、神話学から直接影響を受けるのか、民俗学を通して受けるのかでだいぶん変わってきます。

勝山　民俗学についても、少しご説明くださいますか。

廣田　いやいや、私は民俗学者でもありませんよ（笑）。

以前、ある大学の大学院でひとコマ、急に担当者が都合が悪くなったから、講義を担当してくれないか、と知人に言われたことがあります。ところが、科目名がなんと「民俗学」だというのです（笑）。

それはできない、だって私は国文学ですから、と繰り返し御断りしたのですが、急なことで、どうしてもと泣きつかれて、仕方なく「国文学にとって民俗学とは何か」ということでなら、としぶしぶ引受けたことがあります。毎回うんうん唸《うな》って講義の話題を探すことになり、いやはや辛い経験でした。

ともかく隣接科学について言及することは、自分の専門にとって、その成果はどう関係するかということしかできません。

勝山　大変でしたね（笑）。でも、どのような授業をされたのですか、是非うかがいたいです（笑）。

廣田　恥ずかしいことですが、例えば、座とは何かという問題があります。「横座《よこざ》」という言葉があって、これはもともと平安時代の行事や儀式で用いられたという意味で儀式語です。鎌倉時代初期の説話集『宇治拾遺物語』の中に、有名な「瘤取爺」さんの物語があって、鬼は「横座の鬼」と表現されています。農村ではイロリ端《ばた》に主人と主婦と子どもと客人の座る席がそれぞれ決まっているのですが、主《あるじ》の座が「横座」です。古く貴族社会の儀式には、招待される賓客《ひんきゃく》の座が横座で、農村の横座や『宇治拾遺物語』の説話に出てくる横座という表現は、歴史的にはここから来ているようなのです（＊17）。まぁ、そんな話です（笑）。

勝山　なるほどねえ。ますます興味が湧いてきました。是非もっと聞かせていただきたい。他にはどんな話題が……、

廣田　「変身」は面白い話題ですね。漫画からメルヘンの分析まで、一応見通すことができます。そうすると、変身とみえるものには、神が顕現するものや、ペルソナの転換、異装まで

色々なものがあって、テキストごとの表現の個別性がみえてきます。いやもう、これくらいで……（笑）。

ともかく、私が「民俗学的な立場に立つ」奴だとか「民俗学的方法をとる」奴だなどと、非難がましく言われると困ってしまうのです。

フィールド・ワークということでいうと、二〇歳代から三〇歳代のころは、先生や先輩たちに導かれて、研究仲間と一緒に土曜日・日曜日はもちろん、夏・冬・春と、とにかく休みになると、山や村に出掛けて行き、あちこちの祭りに参加したり、民俗調査をしたりしました。それはもう一日中歩き続けたり、野宿したりと大変なものでした。

ただ、フィールド・ワークが登山とかハイキングでないのは、民俗学は伝承から「心意」を探すという方法をとるのですが、私はずっと昔話や伝説、縁起や由緒など言語伝承に興味を持って調べ、採集してきました。

滋賀県や長野県には相当通い詰めたのですが、その地域の生活様式とか、産業とか、歴史とかを調べ始めますと、だんだん何をやっているか分からなくなってくるのです。しかも、「調査者」である自分は結局のところ、柳田国男のいう「旅行者」にすぎないということを痛感しました。伝承の「心意」というものは、本当のところ「旅行者」には分からない、何十年と住み着かないと分からないと思いました。

勝山　そうなんですか。私はフィールド・ワークの経験が皆無なので、具体的に廣田さんの経験なさったことを聞かせていただきたいですね。

廣田　私は、大阪生まれ・大阪育ち、先祖代々の大阪人なのですが、本貫地は昔の摂津国です。そこから大阪市内に移り、今の住所には祖父の時代、昭和初期に移ってきて以来住んでいます。ところが、今の住み処《か》はいわゆる旧村で、三代たった今でもまだ何となく「余所者」扱いされているような気がするのです。それで御分かりでしょう（笑）。

ですから、調査先に出向いて、京都の大学から来ましたということで御話を聞くとなると、村人は普段着をわざわざ着かえて身づくろいして会って下さることになってしまうので、おそらく気持ちも「よそゆき」で、本当のところは分からない。なかなか打ち解けて下さることはありません。

それであるときから、繰り返し村に「調査」に入っても、自分がそこに住まないかぎり「心意」伝承の研究は無理だ、むしろ自分は「調査者」であることに徹するより他はないと思いました。そこで、何でもかでも調べるのではなくて、「調査」するとは、何をどうすることなのか考え悩んだあげく、私は国文学だということで、言語伝承に絞って調べて行くことにして、言葉についてだけは責任をもって仕事をしよう、と考えたのです。なにせ国文学ですから（笑）。

そう考えますと、日本民俗学の祖とされる柳田国男の研究は、言語伝承の主として基盤(ground)の研究なのだというふうに見えてくるのです。

そういうふうに考えることができれば、私は民俗学ではなくて、国文学の側から民俗学の成果を「援用」することができると思います。

というのは民俗学に限らず、考古学でも、精神史研究でも、歴史学でも、その成果や方法を「援用」できるということです。つまり、どこに国文学との「別れ」があるかを見極めればよいと思います。

勝山　おっしゃっている「別れ」というのは、どういうことでしょうか。

廣田　昔、京都の祇園祭を調査したことがあるのですが、滋賀大学の経済学部の学生は、祇園祭はどれくらい費用がかかり、誰が支えていたかという、祭の経済学を調べていましたが、国文学の私は、祭の儀礼や儀式、由来や言われを聞き書きしていました。同じ祭でも視点や目的が違えば、成果はずいぶんと違ってきます。

確かに、私は民俗学が大好きですが、最終的には民俗学の研究のめざす目的と、国文学のめざす目的とが違うという点が重要だと思います。それが私の言う「別れ」です。

勝山　分析で言うと、どのような違いが出るのでしょう。すこし具体的にお聞きしたいと思います。

廣田　例えば、『源氏物語』の物怪《もののけ》は、民俗学や歴史学ではよく、霊魂とか怨霊《おんりょう》とかと同一視されてしまうのですが、国文学の側から言えば、善本である大島本の写本そのものに、いつも「もののけ」とひらかな書きになっていて、もともと物怪は、「もの」の「気《け》」だということであり、そもそも正体の分からない霊格「もの」の働きという意味なのです。ですから、こういう場合は、国文学として表現に即して考察することに意味があると思います。(＊18)

しかも『源氏物語』の物怪は、彼女の日記『紫式部日記』や個人家集『紫式部集』とでは、それぞれ描き方が違うのです。というよりは、同じ紫式部の書いたテキストでも物怪をどう捉えるか、物怪に対する認識が違うと感じるのです。紫式部さんは、間違いなく物怪について、成立の目的が違うため、三つのテキストごとに描き分けをしています。

そもそも文学の側からいうと、三者のテキストは何のために書かれたのか、という違いがあるからです。

民俗学が重要だと思うのは、例えば紫式部が『源氏物語』を執筆する、というとき漢詩・

漢文だけで書けるのかというと、そんなことはないでしょう。作者としての紫式部にとって、漢詩・漢文という教養とか知識とかといった問題は表層に属する問題であり、伝統的な精神性とか無意識といった心性は深層に属するでしょう。このような文化や文学の深層を考えるのに、民俗学や神話学は重要な手がかりを与えてくれるのではないかと思うからです。

私は、この表層と深層と、両方を考えないと、作者や作品について簡単には云々できないと思うのです。

勝山　なるほど、仰っていることがよく分かります。

廣田　結論から言えば、もちろん神話学と物語研究とは、無媒介的に、直接的には結びつきません。むしろ物語の深層に神話がある、物語の生成に神話の機制が働くというふうに理解することができると思います。

勝山　西洋の文学批評では、ウラジミール・プロップ[*19]の研究『昔話の形態学』があります。プロップは膨大な数のロシア民話を収集し分類していく手法で、物語の構成要素を明らかにしてみせました。

他にも文学全体の体系化を試みた研究としては、ノースロップ・フライ[*20]の『批評の解剖』が有名ですね。様々な神話の系譜を辿りながら、西洋の多くの文学作品を、喜劇・ロマンス・

悲劇・アイロニーという四つのカテゴリーに分類してみせて、成果を挙げました。

廣田　私もよく読みました。プロップはロシアの民話研究ですが、そのために話柄の全体が普遍的なのかどうかが問われるように思います。

われわれの世代では、最近では評判の悪い「構造主義」の影響が強かったといえますが、民俗学の影響ということですと、それぞれが柳田国男、折口信夫《しのぶ》をどう受けとったかです。伝統的な国文学研究は、今でも民俗学を毛嫌いする人が多いことも確かです。「今さら柳田なんて」と嗤《わら》う人は多いのですが、日本・中国・西洋いずれの文献についても博識の柳田が、文献の側から口承文芸の宇宙を論じてみせたという点は、口承文芸の専門家としてではなく、国文学の側から口承文芸を扱う上で、私にとっては範とすべき視点だと思います。ただ、学部生や大学院生にこんな話をしても、まったく興味を示してくれませんが、日本古代・中世の文学研究においては、私は神話学や民俗学から学ぶべきことはまだまだたくさんあると思います。

勝山　廣田さんにとって、やはり民俗学は重要なのですね。

廣田　はい。将来は分かりませんが、ただ、私たちの時代、世代の中でだけこういう学問のありかたが、特に意味を持ったのかもしれません。

今の私の関心に寄せて言いますと、文献を専門とする研究者には、昔話や伝説、世間話など口承文芸に対する興味がなく、一方、口承文芸の研究者には文献を論じることを避ける傾向があるというふうに、「溝」はずっと埋まっていない、「溝」はますます深くなっていると感じます。

残念なことに、文献ばかりを専門とする国文学研究者は、今だに民俗学に興味をもつことがありません。もしくは忌避しています。民俗一般だけでなく、口承文芸にすら、興味が向けられることはないのです。

数年前の秋、平安時代の文学を研究する学会のシンポジウムで、文献の文芸だけでなく、常に口承文芸についても言及してきた有名なある先生が、「書かれた物語は典拠《てんきょ》とか影響とか、文体とかと複雑に構成されているが、昔話は、語りの場においては、テキストが無制限に開かれていて流動的だ」という主旨の発言をされたのです。

これには驚きました。質問することを忘れるくらいに、です（笑）。

というのは、この発言は特に口承文芸の中の語り物を念頭に置いているようで、そもそも昔話のような口承文芸は口承文芸としての語りの原理や様式があることは厳然とした事実だ（＊21）からです。ですから、国文学では、あの先生でもそんなことを言うくらいですから、今だに、口承文芸については充分理解されていないと思います。そんな状況では口承と書承と、テキストの比較を口にしたところで何も見えないと思ってがっかりしました。

勝山　普段は理性的な廣田さんも、怒り心頭《しんとう》ですね（笑）。

国文学にとって民俗学とは何か

廣田　勝山さんの所属しておられる英文学科は、新島襄の大学設立以来の伝統があるのですが、私たちの国文学科は戦後に設置されたこともあって、創設の世代に対して、私はまだ第二世代なのです。ですから、学統とまでは言えないのですが、学部生時代の私の師匠は、ゼミの指導をいただいた南波浩と、出来の悪い私のことをいつも気にかけてくださった土橋寛《つちはしゆたか》とですが、御二人とも京都大学文学部の出身でした。ただ、御二人の学問は、いずれも文献学を逸脱していて、民俗学の影響があるのです。

南波浩は、『源氏物語』を論じるのに「生産民の伝承」から説き起こしています（『物語文学』三一書房、一九五八年）。そのとき南波浩には、案外と折口信夫の影響があるのです。一方、土橋寛は、柳田国男の「民謡覚書」を援用し、古代歌謡と民謡が同じ原理でもっていると論じました（＊22）（『古代歌謡論』三一書房、一九六〇年）。

ほとんど写本を所蔵しない本学において、国文学の研究をする上で、専攻の創立にかかわったこの御二人の問題意識を、私は引き継ぎたいと思ってきました。

私の立場はそうなのですが、国文学研究者の中には、古代の文化・文明の先進国であった中国の漢詩・漢文を、受容し翻訳・翻案したものが国文学だ、という文脈で国文学を読むという基本的な枠組みを持っている方が今でも多くて、私には考え方としてそれだけではどうも窮屈に見えるのです。

勝山　両者の間には、大きな隔たりがあるようですね。廣田さんは、どのような方法が有効だとお考えですか。

廣田　自分のことばかり申して恐縮ですが、神話、伝説、昔話などの概念を援用しながら、古代物語や説話を考えるという手法を用いることで、得られる成果は多々あると思います。それともうひとつ、物語が詩的言語である和歌を不可欠とする点はまだまだ論じるべきことがあると思います。

勝山　確かに、シェイクスピア研究においても、シェイクスピアが芝居を書くにあたって、参考にしたと思われる材源として、神話、伝説、昔話などを探っていく手法も興味深いですね。

廣田　私たちの世代は、種々雑多な影響を一度に受けましたが、神話学にしても、構造主義にしても、民俗学にしても、最終的に国文学として何をめざすかが問題だと思います。

勝山　神話学と民俗学が国文学に貢献したとすれば、どのようなことでしょうか。

廣田　繰り返して申しわけないですが、私が重要だと考えるのは、国文学は、神話学や民俗学と、どこに「別れ」があるのかを詰めておくということです。

というのは、民俗学ならば、柳田ですと日本における「固有信仰」があるかないか、あるとすればそれは何かを求め続けたということができますが、国文学はもっと言葉そのもの、言葉の働きや仕組み、表現の工夫といったものを重視する必要がある、と私は思います。そこに国文学研究のアイデンティティがかかっている、と思います。

勝山　廣田さんはなお、言葉そのものにこだわり、文学を求めておられるのですね。

廣田　頑固すぎるでしょ（笑）。でも、「文学」ですからね。

私は、民俗学における口承文芸の研究を、民俗学の研究としてではなく、こういうと、今度は民俗学の研究者から嫌われるのですが、他ならぬ国文学の立場からどう方法とできるかを考えたいと思います。

国文学研究の側から言えば、私は話型《わけい》（scheme）というものを想定することで、口承と書承とを貫く指標《しひょう》とすることができると確信したからです。

例えば、神話や昔話と、物語や説話を貫く叙述の枠組みに、垣間見《かいまみ》というものがあります。これはモティフ（motif）なのか話柄（type）なのか、いやまぁやはり枠組み（scheme）なのでしょうが、神話や昔話では「禁忌《きんき》の設定と、禁忌の違反」というモティフの組み合わせの形をとります。「見るな」という禁忌（taboo）が設定されると、つい違反してしまうという、あれです。平安時代の『源氏物語』にも垣間見は数多く組み込まれています。

勝山　話型とモティフとの関係はどう考えていますか。

廣田　昔話研究や口承文芸の研究では、一般には、登場人物の行動を単位とするモティフの連鎖によって話型（type）が構成されると考えるようですが、私は昔話など口承文芸と文献の説話や物語と比較をするために、話型というものをtypeの意味では用いず、あえて枠組み（scheme）という概念で説明することにしています。

例えば、成人式から垣間見、そして求婚という物語の展開を保証する枠組みとしての話型の中に、「禁忌の設定と、禁忌の違反」という、古くからのモティフが組み込まれていると考えてはいかがでしょうか。

勝山　そうすると、『源氏物語』の垣間見に「禁忌の設定と、禁忌の違反」が認められるのですか。

廣田　もちろん『源氏物語』の表現の次元で「禁忌の設定と、禁忌の違反」という表現が明確に認められるわけではありません。『源氏物語』の垣間見は、ゆるやかに神話の垣間見を基層にして生成していると考えることができます(＊23)。

ですからよく、紫式部は本当に『古事記』を読んでいたのか、と尋ねられるのですが、そんな即物的な次元の問題ではありません。古代の人びとは、『古事記』にみえる古代天皇制の枠組みのみならず、もっと素朴でプリミディヴな古代的思惟に覆われていた。だから、物語のもっとも深層に神話があると言える、と思っています。

これからの比較研究には可能性がある

廣田　話は変わりますが、私が今まで抱えている問題は、文芸の比較です。そう言うと、国文学では、「何を今さら」と言う人もいます。

最近、教授会の終わったあとで、友人のある先生から、文芸の国際比較を論じた大学院生の博士学位論文の内容について「比較するといっても、どこが落しどころになるんですか」という質問を受けました。私は、国文学なので、何と比較しても最後には、考察の対象として据えた、日本の側の作品の特質とか、独自性を解明することを結論として導くことだと思います。そう答えました。

学生に「比較してみなさい」と言いますと、ＡとＢとを並べて、ここが同じ、ここが違うと言うのですが、それだけでは「それだけ」のことですから。

最終的に比較は何をめざすのか、ということがあんまり意識されていないところに、比較研究の弱さがあります。つまり、ＡＢＣを、ただ横に同列に並べて比較するだけでは仕方がない。ここははっきりと、Ａの特質を明らかにするためには、Ａを中心に据えてＢやＣと比較するという方法が現実的です。

日本の継子苛めの昔話や物語を考えるのであれば、最初はごく単純にグリム兄弟のメルヘン「シンデレラ」を比べてみるだけで、発見するものは多いと思います。

勝山　なるほど、なかなか面白いですね。

シェイクスピアでは、種本との比較や、他の劇作品との比較という問題の立て方があります。やはり最終的には、廣田さんのおっしゃる通り、シェイクスピア作品の特質へと照準を合わせていかないと論文にならないと思います。

廣田　私たちは普段から、ものごとを認識するときに何気なく比較という手段を用いているのですが、比較というものを研究方法として鍛えて行くには、これから真剣に考えてゆく必要があると思います。

勝山　ただ単に比較というと、どうも広すぎる気がしてしまいますね。

廣田　そのとおりですね。

比較ということは、ジャンルを越えた比較、同じ作者による作品同士の比較、同じジャンルの中の違う作品の比較、などさまざまな水準で考えられるでしょうし、構造とか構成とかといった比較もあるし、表現といった次元で比較することもあると思います。

私の個人的な課題から申しますと、説話の比較研究は、そもそもテキストを原理的に支えている話型などの枠組みを共有しているとか、出典とか典拠といったものの影響関係を前提とした比較なのです。このような研究がめざすことはまず、テキストの中で、どこが伝承として共有されている部分で、どこに「作者」や「編者」の独自性、個性があるのかという点に収束させて行く必要があります。

ただ、『源氏物語』にしても、説話にしても、私は随分前から、「影響」とか「伝播《でんぱ》」という現象について何かを論証したり、跡付けたりすることは資料的に不可能なので、そこは断念し、とりあえず留保することが賢明だと主張してきました。

むしろ、現存するテキストの問題として捉え直すと、古い枠組みを基に新しい説明を重ね、加えてひとつの作品ができる、というふうに考えますと、ひとつのテキストそれ自体が文学史なのだと考えるようになりました。

勝山　ひとつのテキストそれ自体が文学史ですか。なるほど。具体的に言うと、それはどういうことを指すのでしょうか。

廣田　作品同士が似ているということは、何らかの「影響」があったことは間違いないのでしょうが、影響関係というものは今に遺されている資料の範囲だけで推定してみても、蓋然性や可能性を超えることはできません。結局、伝承過程や伝承経路などの内実を明らかにすることは困難です。

そこで、『源氏物語』を比較するのによく用いられるテキストは、短編では『伊勢物語』『竹取物語』、長編では『源氏物語』より少し前に成立したと考えられる『宇津保《うつほ》物語』などで、これらは、確実に『源氏物語』の生成に寄与していると考えられています。

これらの物語を紫式部が読んだことは、物語の内容から推定しても間違いないので、比較することには意味があります。

結局、テキストが御互いに「似ている」ということは、影響関係のあった痕跡だと思います。ただそのことは、たやすくは論証できませんから、影響関係は当面の間問わないこととして、『源氏物語』は内部に『伊勢物語』や『竹取物語』『宇津保物語』などのテキストのもつ話型やモティフが重層的に織り込まれ構築されている、というふうにテキストそれ自身の問題として考えています。

精神分析批評は人気があるのか

勝山　構造主義の影響や、神話研究、民俗学研究とお話が展開してきましたが、国文学では心理学からの影響もありますか。

廣田　私の不勉強のせいだと思いますが、国文学における顕著な成果というものを、すぐには思い出せません。

例えば、『源氏物語』の研究で強烈な記憶に残っているのはわずかに藤井貞和さんだけです。藤井氏は、『源氏物語』の人間関係に、構造主義の説く親族構造を読み取ったり、エディプス・コンプレックスを見てとったりされています。(＊24)

かつて、心理学の河合隼雄《はやお》氏がユング派の理論でもって『源氏物語』を読んだことは有名です(＊25)が、そのころの私は、心理分析でこう読めると示して見せられても、なるほど、そうですかというしかなかった、という記憶があります。読む側の問題なのか、テキスト自身の抱えている属性なのかははっきりしないと感じたからです。

英文学では心理学的な分析で有名な研究にどんなものがあるのですか。

勝山　一般に知られているものとしては、フロイト(＊26)による精神分析の手法を応用した研究があります。無意識は私たちの心の一部でありながら、普段は意識されないのですが、人間の行動に大きな影響を与えるとされます。

廣田　同感です。

私も、物語の方法を考える上で、作者の抱える無意識の世界というものに興味があるのですが、心理学より民俗学から学んだことの方が多いということにすぎないのかもしれません。

例えば『ハムレット』だと心理学的研究ではどのように分析されるのですか。

勝山　『ハムレット』において、主人公ハムレットの復讐がなかなか果たされない理由は、多くの研究者によって議論されてきました。フロイトによる精神分析の理論を用いれば、これは「エディプス・コンプレックス」の影響であると説明されます。「エディプス・コンプレックス」とは、男の子が無意識に抱くとされる、母親に対する性的欲望と、その結果として母親を独占する父親を殺《あや》めてしまおうとする願望です。

ハムレットは、父親を暗殺した叔父に復讐しようとするのですが、なかなか復讐に着手できないのは、ハムレット自身の無意識の中にも、父親の存在をこの世から消してしまいたいという衝動があるからだと、フロイトは説明します。父親を暗殺した叔父と自分の内面の無意識の願望が重なり、罪深い自分自身と向き合うことになるのを無意識のうちに避けようとすることから、復讐が遅延するのだというのです。

廣田　なるほど。しかし、それだけじゃあ、ああそうなのかというだけになりませんか。一九七〇年代には、『源氏物語』にストレートな形で近親相姦を読む分析もあった(＊27)のですが、表現を丁寧に読むと必ずしもそのようには描かれていない。后と臣下との犯した過ちとは言えるのでしょうが、もし近親相姦があるとすれば、物語の深層にあるということはできます。むしろ光源氏や藤壺の恐れているのは、謀叛《むほん》の罪という讒言《ざんげん》を仕掛けられることだったと思います。

かつて光源氏には「父殺し」があるという指摘もありましたが、ヨーロッパのモデルを用いて日本のテキストを読むにはどうも無理がある。母系社会に、父系社会の原理を対応させるのは無理があります。これはテキストの表層か深層かの問題ではなくて、文化の違いかもしれません。

勝山　廣田さんの疑問も分かります。確かに、西洋文化をそのまま日本文化にあてはめてよいかという点はあるかもしれませんね。日本は母系社会ですから。

フロイトのハムレット分析は短いものなのですが、後にアーネスト・ジョーンズ(＊28)が、『ハムレットとオイディプス』の中で詳しく分析して、話題になりました。

父親の存在を消してしまいたいというハムレットの無意識を、実際に実行に移したのが叔父クローディアスです。亡霊の口から真実を聞かされたハムレットは、クローディアスへの復讐を誓います。しかしハムレットは復讐をなかなか果たせません。クローディアスを殺すことは、すなわち無意識のうちに父親を殺したいという願望を抱いていた自分自身を殺すことでもあるからです。

廣田　心理学だけの問題じゃないのですが、メルヘンの研究でも index の分類は、ヨーロッパのモデルでは、そもそも国文学にあてはめてうまく行くのかな、というアレルギーもあるのです。

以前、比較民話の研究会で、話型分析の議論が並行したまま決裂し、会そのものがたち消えになってしまったという、苦い経験がありまして(笑)、グリムの type-index や motif-index(＊29)をあてはめても、日本の昔話にはうまく合わないことは歴然としています。

どうも、メルヘンの研究の側には、西洋のモデルが絶対的で普遍的だという「驕《おご》り」があ

るような気がして（笑）、一方、日本昔話の研究者は日本の伝承の独自性、特殊性を心なしか強く言いすぎる……、

勝山　これは手厳しい（笑）。

性格批評では「オセロの性格は」とか、「イアゴーの性格は」というように、それぞれの人格を議論の対象としました。

しかし、精神分析批評では人間の心の問題に焦点が当てられますから、問題はより複雑です。モード・ボドキン（＊30）は、オセロとイアゴーを別々の人格と捉えて議論するのではなく、ひとりの人間の心理に存在する相反的な衝動だと解説します。

人間は誰しも現実を理想化しようとする衝動と、理想化に対して冷笑的で否定的な見方をする衝動が存在するものです。すなわちオセロは人間の心にある理想化したがる衝動を、そしてイアゴーはそうした理想主義を嘲笑《あざわら》う衝動を擬人化していると考えるわけです。観客が、オセロの内面も理解し、同時にイアゴーのような悪の存在も理解した上でそこに葛藤を感じるのは、自分自身の中にも同じ衝動が存在するからだというわけです。

廣田　おっしゃることは分かるんですが、それを自己意識、自我意識の未分化な日本の古代の古典に適用できるかということは、なかなか難しいように思われますが……、

勝山　シェイクスピアの生きた時代は既に近代初期ですから、紫式部の生きた時代とは違うのかもしれませんね。『オセロ』を扱う精神分析批評の例は、他にもあります。

ジャネット・アデルマン(＊31)という研究者は、心理学にある「投影性同一視（projective identification）」という考えを『オセロ』に応用しようとします。

この「投影性同一視」というのは、心理学者メラニー・クラインが提唱したもので、人間は他人を憎んだり嫌ったりする際に、その人の中に自分自身の「内なる穢《けが》れ」を見るからだというのです。『オセロ』に応用すれば、イアゴーがオセロを憎むのはオセロの中に自分自身の忌《い》み嫌う部分を投影しているからということになります。

このように解釈していくと、私たちも身のまわりの人間関係に思い当たるようなことがありそうですが（笑）、精神分析批評は、今までに気付かなかった点に、私たちの目を向けさせてくれたことは事実です。

ただ私たち自身も気付いていなかった人間の心の分析ですから、それが作品の登場人物の理解に役立つのかと尋ねられると、少々戸惑うことも事実ですが……。

廣田　でもそれは分かります。

そうすると『源氏物語』における風景は、登場人物の、場合によっては、勝山先生が紹介された作者の「投影性同一視」の問題なのかもしれません。(＊32) 風景が、見る者の内面を映し出す、風景に自己を見出すということはあると思います。

勝山　性格批評も、心理学的アプローチをすると随分異なった見方ができます。人間の内面というのは、時を超えて変わることなく普遍であり、文学はそうした人間の本質を描いているのだという考え方があります。

しかし私たちの内面の形成を考えますと、時代や社会の影響を受けることもまた避けがたい事実です。批評家の間では、人間性は時代を超えて変わることはないという意見から、個人に及ぼす時代や社会の影響がとても大きいとする意見まで、大きな隔たりがあります。ブラッドレーなどに代表される性格批評は、普遍的人間性を標榜していたと言えます。

しかし近年では時代や社会のイデオロギーが、個人の内面を形作るという考えが、主流となってきました。そうした中で、批評家ジョン・リー(＊33)は、心理学者ジョージ・A・ケリーの学説(＊34)に基づいて、人間は絶えず自分を取り巻く現実に意味付けをしようとして、外界への解釈をめぐって試行錯誤を繰り返すのだと主張します。人間の外界に対する理解が、われわれの捉える現実というものに変化をもたらし、結果的にわれわれ自身の存在への理解にも変化が生じると考えるのです。

したがって人間は、単に時代や社会の影響を受け続ける受動的な存在ではなく、外界そのものを作り出そうとし、そうすることによって自らを構築する創造主だと言えます。リーによれば、性格というような「固定された概念（essence）」では、人間の内面は説明しきれず、人間の内面は「通過するような流動的なもの（passage）」と捉えるべきだと言います。このように考えるとハムレットの内面をうまく説明できるように思えます。

ハムレットは試行錯誤しながらも、いかなる問いかけにも答えを見出すことができません。最終的に精神成長をするわけではありません。したがって劇の展開の中で彼が精神成長し、全体像を把握できるようになるのではなく、彼の逡巡こそが作品の本質なのです。ハムレットの内面は、絶えず問いかけ続けながらも、生の本質を摑《つか》みきれない彼の内面の葛藤の表現に他ならないのです。

廣田　国文学の私には、残念ながら、精神分析批評というのは個人的にあんまり興味が湧かなかったのです（笑）。

勝山　私は、精神分析批評には説得力があると思いますが、単純にこのアプローチを取り入れようとする際には注意も必要です。心理学の学説を充分理解していないと、思わぬ誤解や間違いを犯しかねませんからね。

フェミニスト文学批評は何を教えてくれたか

勝山　フェミニスト文学批評はどうですか。

廣田　『源氏物語』に代表される平安時代の文学は、物語にしても和歌にしても、女性の手になるものがたくさんありますから、私個人としては、もともとフェミニズムの議論には、あまり違和感をもっていませんでした。

若い頃、フェミニズムの観点から書かれた、駒尺《こましやく》喜美『紫式部のメッセージ』（不二出版、一九八四年）という、大変面白い本を読みました。その頃、駒尺さんの研究は、ずいぶんと話題になりました。私にとってはある種、『源氏物語』の読み方を教えてもらった本です。

私は「男性」ですから、紫式部を論ずる上で、ずっと男性のまなざしから自由であろう、自他ともに囚《とら》われを克服したいと考えて、フェミニストの批評ということは、結構気にしてきました。

勝山先生は御存知でしょうか。一九九〇年頃、アメリカから客員教授として、何度か来日された、ドリスGバーゲン（Doris G. Bargen）という女性の先生は、『源氏物語』について、***A Woman's Weapon***（ハワイ大学、一九九七年）という本を書いています。『源氏物語』に女性の戦いをみるという理解は、紫上・宇治大君・浮舟という、女性の系譜に主題をみる私の考えと重なるところがあります。

現在の英文学では、フェミニストの文学批評はどういうものですか。

勝山　フェミニスト文学批評は、一九六〇年代の「女性権運動」の影響から、文学批評の中に現れてきました。文学史の中に取り上げられてきた作品は、男性作家によるものが圧倒的に多いのですが、フェミニスト文学批評は忘れ去られてきた女性作家の存在を掘り起こさなくてはならないという使命感を抱いています。

また作品に登場する女性は、ともすれば脇役などに追いやられがちです。文学批評の中でも、男性主人公にばかり焦点が当てられ、女性の登場人物が注目を集めることは稀でした。もう一度女性の登場人物を再検討してみようという動きがあります。

さらに、作品全体の枠組みとして家父長制を捉え直し、女性の登場人物たちがそうした社会制度の中で、どのように行動しているかを再考することも重要だと思われます。

廣田　やっぱりそうですね。

平安時代では、文字＝漢詩漢文＝政治権力、というふうに図式化しますと、文学は男のものだということになります。一方、漢字を基礎とする文字に対して、ひらかなの文字が女性の認識や思考、表現を新たに切り拓《ひら》いた功績は評価しなければいけません。しかし、それとてもやはり「文字」の世界にとどまるので、むしろこれにどう非文字の文芸を対置させ、両者の関係をどのようにみて行くかというのが、今の私の課題です。

シェイクスピア作品でフェミニスト文学批評はどう展開しているのですか。

勝山　例えば、シェイクスピア作品では、ハムレットの母親ガートルードや、オセロの妻デズデモーナは、きちんと論じられてきたのかと言われると、主人公が脚光を浴びる陰で充分議論してこられなかったことも事実です。

また、従来の批評では、オセロやイアゴーにのみ関心が集中してしまい、劇の女性登場人物であるデズデモーナや、侍女アミリアに関心が寄せられることはあまりありませんでした。しかし彼女たちについても多くの議論の余地が残されています。

例えば、デズデモーナは何歳ぐらいの女性なのか。舞台ではおとなの女優さんが演ずることが多いのですが、台詞をたどれば、少女のように幼い可能性も考えられます。またオセロの暴虐に何の抵抗もせず、あまりにも従順すぎるという見解もありますが、父を裏切り、駆け落ちまでしたうえ、最終的には主人に命を捧げる、健気で、ある意味においてヒロイックな女性とも解釈できます。

更にイアゴーの妻アミリアは、夫を疑うことを知らない中年女性という印象を持たれがちですが、イアゴーがオセロと女房の不倫を疑うぐらいですから、まだうら若き女性なのではないでしょうか。観客からすれば、彼女について、いくつかの疑問が浮かびます。夫のイアゴーが繰り返し、デズデモーナのハンカチを欲しがる理由をいぶかしく思わなかったのか。アミリアは夫の陰謀にうすうす気が付いていたのか、が問題になります。

最後の場面での彼女の台詞をよく読むと、おそらく気付いていたのではないかと思われるのですが、だとするとアミリアは気付いていながら、なぜ夫を問い詰めることをしなかったのか。そこには、夫を恐れるあまり、事情を詮索することができなかったのではないか、と夫と妻の間の家父長的な力関係も気になります。アミリアを、人を疑うことを知らない単純な脇役と片付けてしまうのではなく、イアゴーとアミリアという夫婦の関係にも注意を向けながら、考察するべきでしょう(＊35)。

廣田　結局、自分の中の「囚われ」を排して、丁寧に読むしかないのですかね（笑）。

勝山　フェミニスト批評家ヴァレリー・ウェイン(＊36)は、ルネサンス期の様々なテキストを証拠に、当時の社会では父権《ふけん》制の正当性を主張するため、女性蔑視の考え方がはびこっていたことを指摘します。

そのうえでイアゴーは、貞節を守らなかったデズデモーナを非難し、女性を危険視する考えへとオセロを誘い込んだあげく、彼女を罰するように仕向けたのだと議論を展開しています。デズデモーナを抑圧的な父権制社会の犠牲者だとして、女性の視点から作品を再検討しているのです。

廣田　そうすると、英文学では、いわゆるフェミニスト批評と、近時話題となってきたジェンダー研究とはどういう関係になるのですか。

ジェンダー研究に向かう広がり

勝山　フェミニスト批評は、より大きな議論としてジェンダー研究へも広がっています。そこでは「男らしさ」という概念に縛られている男性の生き方や、同性愛の研究も盛んに行われています。

『マクベス』を論じる際に、主人公マクベスは、マクベス夫人の求める、あるいは自分自身の心の中にある「男らしさ」の概念に従って、行動しようとします。こうした「男らしさ」という行動規範に従って生きねばならない男性主人公の葛藤を捉えて、『マクベス』を分析することもできます。

廣田　なるほど。「男らしさ」ですか。そんな分析のしかたもあるんですね。

勝山　当時の社会が家父長制を重んじたが故に、その中で生きる男性は「男らしさ」をいかに保つかに細心の注意をはらい、同時に「男らしさ」が傷つけられることに大きな不安を抱いていました。「男らしさ」は、戦場での武勲や宮廷での栄誉によって示されるものばかりではありません。

当時の民話には、男性の権威を傷つける男勝りな女性が、とっちめられる話が多く見られます。また、夫の目を盗んで、よその男と浮気をするような女性には、容赦無く罰が与えられました。彼女たちは、夫の「男らしさ」という体面を著しく傷つけることとなりますから。

当時の男性が、自分の知らぬ間に妻が浮気をしているのではないかという不安に絶えず駆られたのは、自分自身の男としての権威の喪失を恐れたのです。まさしく厳格な家父長制社会の創り出した、男性特有の心理的葛藤なのかもしれません。

廣田　そうすると、様々な方向へ考察を広げていけますね。

勝山　ジェンダー研究では、イヴ・セジウィック(＊37)の提唱した「ホモソーシャル」という概念も注目を集めました。

廣田　だんだん私の理解の及ばないところに入って行きそうですね。

勝山　「ホモソーシャル」とは男性同士の間で、恋愛関係とは異なる、同性間の結びつきや関係性を意味します。セジウィックは『男同士の絆《きずな》―イギリス文学とホモソーシャルな欲望』の中で、二人の男性が一人の女性を愛している時に、自分たちの欲望の対象である女性を思っている以上に、男性同士が互いの関係性を気にかけているということを立証して見せました。

廣田　ずっと考えてきたことなのですが、『源氏物語』は、ジェンダー研究によって明らかにできる側面や、男の目線で評価されてきたものに異議申し立てすることもあると思いますが、『源氏物語』の核心は、女君の主張や行動に主題があるのかないのか、とずっと自問自答してきました。未だに考え悩んでいます（笑）。

勝山　まあ、お聞きください。

先ほど話題に挙げた「エディプス・コンプレックス」のことですが、フロイトは男の子が無意識の中で性的に母親を求めるものの、母親が父親のものであると悟った時に、その欲望を他の女性に転位して、母親とは別の女性を求めるようになるのだと説明しています。

ルネ・ジラール(＊38)はこの関係をより一般化して、人は他人の欲望するものを欲するという「欲望の三角形」を主張しました。私たちの欲望は、対象そのものを欲しているのではなく、その対象に他者が付与した価値を見て、その対象を欲するのだと言うのです。

しばしば男性は、異性が魅力的に見える理由として、美人だとか、おしとやかだとか、良妻賢母型だとか言いますが、それらは全て、他人によって与えられた価値を欲望していることになります。

この時、男性の間で、女性は本質的な価値というよりも、記号として機能していて、男性同士の間で交換される存在となっていると考えられます。

廣田　確かに、男性のまなざしのもつ囚われを明らかにする必要はあるし、できると思うのですが……、それはテキストの個別性の解明よりもテキストや時代や地域を超えた、普遍的な原理を明らかにすることが最終目的なのですか。

勝山　セジウィックは、この関係性を「ホモソーシャル」と呼び、「ホモソーシャル」こそが、男性社会を成立させている基本原理だと考えるのです。欲望の対象の女性をめぐる男同士の絆という考え方は面白いですね。

相手と同一化したいという欲望を同性愛と捉えるかどうかは微妙なところで、あるいはこれを「男らしさ」と言い換えているのが現代社会なのかもしれません。

廣田　御話を聞き、セジウィックという人の名前を初めて知りました。

おっしゃるような分析だとすると、光源氏論も薫論も、ただちに展開できそうに思うのですが、それだけだと、表現の歴史性や風土性、地域性の偏差は、閑却されてしまうようにも思えます。

勝山　そうかもしれません。しかし「ホモソーシャル」という考え方はシェイクスピアの『ソネット集』の分析に非常に有効です。

『ソネット集』は、ソネットの連作を繰り広げながら、詩人とその愛人である黒髪の女性、そして青年貴族の三角関係を描いていきます。詩人は、女性ばかりではなく、青年貴族にも愛と尊敬の情を抱いているのですが、詩人の心情を同性愛的な感情と捉えるかどうかは、議論の分かれるところでした。

セジウィックの分析は、「ホモソーシャル」という概念を用いて、この部分を見事に説明して見せたのです。

日本文学だと、夏目漱石の『こころ』も、「ホモソーシャル」の概念を使った分析がなされていると思います。このあたりは、国文学科の学生も興味があるのではないでしょうか。

廣田　ええ、そうかもしれません。

普段から、国文学でも近現代文学の研究の中には、心理学や精神分析の手法があることを学生の人たちから教えてもらうのですが、古典文学にどれくらい有効なのか私には分かりません。

国文学と英文学とで、学界に新たな理論が紹介されてくる時代や順番、重さなどは違うかもしれませんが、勝山さんにとって、例えば新歴史主義はどういう意味をもちますか。

新歴史主義批評によって気付かされたこと

廣田　勝山さんの紹介されたような理論をもとにして物語分析を展開された考察について、大なり小なりずっと耳に触れ目に触れてきたのですが、研究は、それぞれの立場と方法とによって違いがあってよいと思いますけれども、私はまず、いかなるテキストの表現も、歴史的であることを免かれないと思います。それが出発点であることは何度考え直しても打ち消せないのです。そこから出発するしかないと……。

勝山　それはそうですね。

ご承知のように、歴史主義批評そのものは、古くからある文学批評の方法です。

作品は、当時の歴史を背景にして描かれたものであるという視点に立って作品分析を行います。逆にニュー・クリティシズムは、こうした批評に対する反発として、作品をそれが生み出された外界から完全に切り離し、作品内部の分析に集中しようとしたわけです。

廣田　もちろん、それは違うという立場のあることも承知しています。しかしながら、作者はその時代の中に生きていたと考えなければ、彼が何を考え、何に苦悩したか、答えは時代の中にしかないと思います。それを、われわれが現在という「優越的な位置」から、古代的なものに対して、一方的に批評してもあまり意味がないと思うのですが。

勝山　私も、作品が生み出された時代を考えることはやはり重要だと思います。特にシェイクスピアのように、劇団所属の劇作家として観客の嗜好《しこう》に応えて、娯楽としての芝居を提供した作家の場合は、作品が書かれた時代を脇において、作品だけを論じることは難しいでしょう。

シェイクスピア研究の歴史主義批評では、E・M・W・ティリアード(＊39)に代表される、いわゆる（旧）歴史批評が特に有名で、彼はその著書『エリザベス朝の世界像』において、シェイクスピアの作品はエリザベス朝の世界観をもとに創作されていると主張しました。すなわち、当時の人々にとって、神の創りたもうた秩序や万物の存在の連鎖などが世界を作り上げている基本原理であり、シェイクスピアの劇もまた、こうしたエリザベス朝の世界像を反映しているという考えです。

廣田　微妙に議論にズレがあるんですかね。

以前、私が出した本の帯に、編集者から、私の研究方法について、「ポスト構造主義」とか「脱構造主義」というレッテルを貼られました。私に対する「外部評価」を思い知らされました（笑）。出版社からはそう見えているんだと。

勝山　しかし、そうした歴史主義の考え方には問題があります。まず、文学は歴史の反映でしかないのでしょうか。だとすると文学は、より現実的で、より重要と思われる歴史的事実を単に映し出したものでしかないということになってしまいます。文学は、まるで鏡のように受身的な役割しか果たしていないのでしょうか。これでは文学の存在そのものを過小評価することになってしまうでしょう。

また、歴史というのは、果たして容易に把握でき、客観的に理解できるものなのでしょうか。歴史家たちが、歴史的事実というものを、どれほど正確に捉えられているのか、ということも疑問視しなければなりません。

例えば、ティリアードはエリザベス朝の人々の信じていた世界観をわれわれに示しました。彼は、当時の歴史書の記述や説教書を繙《ひもと》きながら、こうした世界像を探り当てたわけです。

廣田　もちろん私は素朴な歴史反映論ではありませんよ。でも、勝山さんほどすっきりと先まで見通せていないからなぁ（笑）。

勝山　しかしミッシェル・フーコー(*40)の思想やポスト構造主義の影響を受けた新歴史主義批評家たちは、こうした歴史観そのものに疑義を唱えています。

フーコーはある歴史記述が、何故、ある特定の時代に生み出されたかを考察しています。彼は、ある歴史記述を個人の発意や行動としてではなく、社会的・集合的な視点で捉えようとするのです。したがって、歴史を記述するという行為の背後には、それらを拘束する規則が存在していたはずではないのか、と。歴史書や説教書を記した人たちが、繰り返しエリザベス朝の世界像を描いているとしたら、そうした人たちの行為の持つ、共通した特質は何か。そうした歴史的痕跡を生み出させた規則総体そのものを問いかけ、探ることが重要なのではないか。

時代を語ると思われた歴史記述の背後にある規則性を問いかけるのですから、まさしく発想の転換といったところです。

廣田　フーコー（『言葉と物』）が盛んに取り上げられたのは、私の学生時代以後で、乗り遅れた感もあるのですが（笑）。

勝山　また、新歴史主義批評家たちは、歴史の客観的な把握は果たして可能かということも、問いかけます。

歴史が常に人によって、「語られる」ものである以上、歴史もまた主観的なものに過ぎず、客観的に歴史を把握する術はないのではないか。統一された、唯一の歴史、言い換えるなら「正史」などと言ったものは存在せず、むしろそこには、不連続で、矛盾に満ちた、複数の「様々な歴史」が同時に存在するはずである、という考えです。

同時に、歴史を研究する我々もまた自らの属する歴史的状況に囚われている以上、客観的な視点に立って過去を語ることはできない、ということも主張されました。

まさに、従来の歴史の捉え方に対する、様々な異論が噴出してきた感があります。

廣田　私はもう開き直って、私の読み方は私の生きている時代の読み方ということでよい、と思います。歴史が絶対的、客観的なものでないことは、時代の体験の中で、いやというほど思い知らされました。歴史は支配者の言説ですからね。そのような歴史に「対抗する歴史」を提示する必要があると思います。

勝山　ともかくそうした主張をされると、ティリアードの歴史批評はもろくも崩れ去ってしまいます。ティリアードは、エリザベス朝の世界像を基盤に据えて、シェイクスピア劇の解釈を試みましたが、その基盤自体が揺《ゆ》らいでしまうからです。

廣田　私の知らない研究者の名前がどんどん出てきますね（笑）。

勝山　ティリアードの主張した世界像は、当時の為政者《いせいしゃ》が、自ら望み、民衆に信じ込ませようとしていた世界像ではないでしょうか。それは体制側に都合の良い世界像に過ぎないのではないでしょうか。かつての歴史主義者は、体制側が認めた歴史書の記述や説教壇から語られた説教書をもとに、エリザベス朝の歴史を紡ぎあげてきましたが、それでは体制側の主張を反映した歴史しか浮かび上がってきません。

むしろ、既存の社会秩序を揺るがすような思想があちこちで囁《ささや》かれるようになっていたことで、体制側は自分たちの主張を一層声高に強調する必要があったのかもしれません。社会に広まりつつある不穏な思想を抑え込むためにも、体制側は従来の社会の枠組みを、繰り返し民衆に説かなくてはならなかったのかもしれません。

廣田　シェイクスピアの立場というものは、なかなか手ごわいですね。

勝山　例えば、体制側は神を頂点とし、ピラミッド型に構成された万物の連鎖を、秩序ある世界として民衆に提示します。

国教会の説教では、国王は神の代理であり、王に刃向《はむ》かうことは、神への反乱であり罪深き行為として、反乱の首謀者には、やがて神の罰が下ると諭《さと》されました。

しかし、王権は神聖なものなどではなく、王は権謀術策により、王冠を手に入れるのだという考えも囁かれていました。体制側の主張する王権神授の考え方を嘲笑《あざ》うような思想が存在したことを否定することはできません。

マキャベリやタキトゥス(＊41)の書物の流行が、こうした事実を裏付けています。当時の人々の世界観を、単純にひとつにまとめて、一枚岩なものとすることはできないわけです。もっと時代に埋もれた様々な声に耳を澄ますことこそ、重要なのではないでしょうか。

廣田　人々の多様な世界観が表現されているということですね。同じ仏教という言葉で括られることがありますが、日本の古代でも、奈良時代から古代天皇制の確立と国家支配のための思想として外来の仏教を利用して行く支配者の側に対して、特に平安時代に入ると、個人の救済を説く浄土教が発展します。ところが、紫式部は、浄土教的な考えに立ちながら、自らの体験の中で仏教の教えそのものを疑ってかかっていると私は考えています。

勝山　文学テキストも、それぞれの歴史の瞬間の記録ですからね。統一された歴史という観念はありませんから、テキストの中では、時に相反する考えがぶつかり合うこともあります。むしろそうした矛盾した考えが衝突し、交渉し合う場こそがテキストと言えるでしょう。

廣田　テキストは「場」だというわけですか。なるほど、そういうふうに理解されてきているわけですか。私が使う「場」という概念は、テキストを支えるcontextのことですから、少し違いますね。

私の考えるような、テキストを地層的なイメージで捉えるよりも、ダイナミックですね。勝山さんの考えているところでは、「衝突」したり「交渉」したりするのは、おそらく経済でも文化でも何でもよいわけでしょう。ただ日本のテキストにあっては、対立・葛藤を生み出すというよりも、日本の精神性が、外来のものを吸収する柔軟な構造をもつゆえに、文化や文芸は堆積するという印象を持っているのです。

私は国文学であることを意識して、特に言葉の仕掛けや仕組みの作り出す構築性に限定してテキストを考えようという違いがあります。

勝山　ともかく、テキストをそのような場と捉えると、歴史と文学の関係を、現実とそれを映し出す鏡のように捉えていた旧歴史主義の考え方は、もはや意味のないものと思えてしまいます。

文学は、現実を映し出す鏡のような受身的な立場どころか、積極的に現実を創り上げることに参加していることになります。新歴史主義の考え方においては、文学は、むしろ文化的な面から、現実を創出するという能動的な役割を担うものとなるわけです。

廣田　なるほど。私は、そういうことを全く考えてこなかったですね。現実を創出するという能動的な役割ですね。

勝山　更に、文学も、歴史書も、科学書も、旅行記も、歴史的瞬間を記録した言説（discourse）であることを考えれば、そこに明確な区別は存在しません。

廣田　確かに理屈はそうなんですが、日本のテキストも全く同じように考えてよいかどうか、言葉による宇宙そのものを問わなくてよいのか、私は二の足を踏みますね。

勝山　例えば、当時の女性について語ろうとする際に、現代女性と同じと捉えることは到底できません。その時代の女性の地位を理解しようとするなら、社会学的に、結婚適齢期は何歳で、何人子供がいるのが一般的で、平均寿命は、というように問いかけるだけではなく、当時の医学的な所見や、法律上の権利、更には宗教上の立場なども知っておく必要があるでしょう。

そうなると、女性の行儀作法を記した書物、医学書、財産相続などの権利を記した法律書、そして宗教書にいたるまで、あらゆるものがその時代における女性を語る証言として有効となります。そして、もちろん演劇や詩なども、対象になるでしょう。これら全てが、当時の現実を創り上げているのです。

新歴史主義文学批評の実践において特徴的なのは、文学テキストとこうした文学以外のテキストを並行して読むことです。

廣田　「並行して読む」というのは、対照させて読むということよりも、もっと積極的に重ねて行こうということですか。

勝山　言い換えれば、旧歴史主義では、歴史、特に正史と言われるものを背景として文学作品を読もうとしました。

　しかし新歴史主義では文学テキストと文学以外のテキストを、同等に扱おうとします。当時の植民地の記録も、医学書も、個人的な日記も、文学作品と並列において分析対象とするのです。

廣田　そうですね。それで「同等に扱おう」と……、それはよく分かるのですが、もう一度言葉の織りなすテキストそのものに目を向ける必要はないんでしょうか。勝山さんはそれでいいんですか（笑）。

勝山　例を挙げると分かりやすいかもしれません。

ルイス・モントローズ[＊42]の論文『『真夏の夜の夢』とエリザベス朝文化を構成する幻想―ジェンダー、権力、形式』では、エリザベス朝を生きたサイモン・フォアマンという宮廷人が見た夢の記述が紹介されます。彼の一五九七年一月二三日付の日記には、彼が見た夢が記録されています。

驚いたことに、彼は夢の中で、エリザベス女王との性的な出会いを経験するのですが、モントローズはこれを、家父長制社会に生きる人々が、女性君主に仕えることで生ずる葛藤を映し出したものと分析して行きます。家父長制社会では、男性が全ての権力を掌握しているはずですが、女王は女性でありながら権力のヒエラルキーの頂点に君臨しています。ここに生ずる矛盾あるいは緊張関係を、当時の文化の中に存在する緊張関係であると解釈して、それをそのままシェイクスピア演劇の『真夏の夜の夢』の分析に応用します。

作品の中では、家父長制社会に反抗しようとする女性が描かれますが、最終的には結婚という制度によって男性社会に組み入れられ、家父長制を強化することになります。モントローズは、文化の中に潜んだ緊張関係を、劇が見事に包摂している様子を語ります。それは支配者である女王を生身の女性ではなく、宗教的な神秘化を通して、実社会における家父長制と共存させる手法を説くものでもあるのです。

廣田　女王が権力者であるとともに、女性であるところに「矛盾」や「緊張関係」を見ようとする点は面白いですね。すると、今度はそういう視点で日本古代における古典の見直しができるかどうか、ですね。

勝山　またスティーヴン・グリーンブラット(*43)のオセロ論では、まず論文の最初でスペイン人による新大陸植民地政策が取り上げられ、分析されています。

一六世紀初頭、スペイン人が南アメリカの銀の採掘にあたって、ルケイア諸島（現在のバハマ諸島）の原住民の信仰を巧みに利用しながら、彼らを自分たちの植民地政策に懐柔《かいじゅう》していたことが暴かれます。

そしてその歴史的解釈をそのまま、シェイクスピア劇の『オセロ』に持ち込もうとします。イアゴーは、将軍オセロを籠絡《ろうらく》する際に、将軍の「うぶであけっぴろげな性格」を巧みに利用し、スペインからの植民者が原住民をたぶらかしたように、オセロを思いのままに操るというのです。イアゴーがオセロに仕掛けた罠《わな》も同様に解釈され、性に対するキリスト教の伝統的教義へオセロを引き込み、オセロはデズデモーナがもっと多くの男を裏切ることがないように、正義の名において彼女を処刑するのだと説明しています。

廣田　色々おっしゃって下さったので、ここまでで少しまとめていただくと、どうなりますか。

勝山　従来のアプローチでは、文学は、その背景となる歴史を映し出すという受け身的な役割を持つものとして説明されていましたが、新歴史主義はどちらも歴史の声として耳を傾けようとします。文学テキストも文学以外のテキストも、同じ歴史的瞬間の表現であり、歴史を造り出していると考えようとする点が特徴的です。

時代と文化が織りなす網の目の中で、テキストがどのような働きをしているかを、論じようとするわけです。

廣田　「網の目」とはどんなイメージですか。私の頭が固いからでしょうか、どんな分析をすればよいのか、イメージできないんです。

勝山　文学だけではなく、歴史書、説教集、法律書、旅行記、医学書などはもちろん、庶民の生活を描いたパンフレットにいたるまで、あらゆる言説（discourse）によって紡ぎあげられる時代と文化の網の目です。こうなると、もはやニュー・クリティシズムのように劇作品だけを読んで、解釈することは不可能となってしまいます。

新歴史主義は、よく文学研究で言われる、「時代を超えて変わることのない、普遍的な人間性」という概念を否定します。人間はあくまで時代によって生み出された存在であり、歴史の中で構築された存在です。人間の感情や情緒、例えば母性愛や友情といったものも、時代によって形造られると同時に、時代によって変化するものであり、永遠に変わることのない人間性は存在しないはずだと考えています。そして文学は、時代の生み出す、こうした人間性の創造に、様々な形で関わっているのです。

最近よく話題になるポスト・コロニアル批評とは

勝山　ニュー・クリティシズムは、優れた作品には時代を超えた普遍性があることを主張しました。しかしテキストとそれを取り巻く世界の関係が注目を集める中で、ニュー・クリティシズムの考え方は劣勢に追いやられてしまいました。

第二次世界大戦後、イギリスやフランスの植民地であった国々の独立運動が展開する中で、西洋による非西洋の植民地化という歴史的コンテクストを念頭に、再度文学作品を読み直す作業の重要性が訴えられるようになりました。

西洋の文学史を繙《ひもと》くと、どうしてもそこには白人キリスト教徒、しかも男性を中心に置いた考えが、全面に押し出されています。こうした作品が、人種差別的あるいは文化の優劣を前提とした要素を含んでいることも、指摘されるようになりました。

廣田　なるほど。

おっしゃっていることは、すでにやってきたような気もしますし、説明を聞いた限りではそうかなと思いますが、勝山さんの指摘が、日本古代の個別『源氏物語』にどうかかわるかと言われると、私は直ちに答えられません（笑）。

勝山　確かに、それはそうかもしれませんね（笑）。

エドワード・サイード（＊44）は自著『オリエンタリズム』の中で、西洋の持つ、こうした偏見を暴《あば》いています。サイードは、西洋人は自己の正当性を主張するために、東洋を文化的に自分たちより劣った「他者」と見なしてきたのだ、と主張します。

東洋的「他者」は、常に残虐性、官能性、退廃《たいはい》、怠惰などと結びつけられて語られ、そうすることによって西洋は、自分たちの慈悲《じひ》深さ、理性、進歩主義、勤勉などを強調し、自らの正当性を再確認しようとしてきたのです。「他者」として東洋に、自分たちの西洋人の内面にありながら、認めたくない醜悪さを投影したと言えるかもしれません。

一九世紀の大英帝国では、これが当たり前のこととされたのです。東洋という名の下に、東洋の諸国や、異なる人種はひとつの集団にまとめ上げられ、それぞれの文化や個別性は無視されてしまいました。

廣田　そういう西洋の「偏見」について、西洋自身による「反省」というものは出てこないのですか。

勝山　ポスト・コロニアリズムが、そうした反省の一例なのかもしれません。

サイードの主張する「オリエンタリズム」は、一九世紀の事象を語っていますから、それをそのまま一六世紀末から一七世紀初頭のシェイクスピアの時代に当てはめることはできません。ポスト・コロニアリズムなどと言ったところで、一六世紀のイングランドでは、アイルランド植民はまだ果たされておらず、新大陸の植民地もまだ探検をしながら、定住の可能性を探るといった、開拓の初期段階にしか達していませんでした。イングランドの植民地と呼べるようなものは存在しなかったわけです。

しかしだからと言って、ポスト・コロニアリズムが全くシェイクスピア批評に影響しないというわけではありません。シェイクスピアの生きた時代に、イングランドは海洋交易を拡大し、新大陸での植民地計画を推し進めようとしています。シェイクスピアの芝居に、様々な「他者」が登場するのはこのためです。

廣田　なるほどね。

ずっとうかがっていると、西洋の側に立ってシェイクスピアを論じる勝山さんと、極東の島国の国文学に固執《こしつ》し、神仏習合を恥じることなき私とのスケールが違う、ということがはっきりしてきましたね。

国家と宗教と世界史との中にシェイクスピアを位置付けようという企《くわだ》てですからね。

勝山　それは、少し大げさですよ（笑）。

エリザベス女王の時代、プロテスタント派であったイングランドは、カトリック勢力によって地中海交易から締め出されていました。地中海においてカトリック勢力と対抗できるのは、イスラム勢力に他なりません。エリザベス女王に残された道は、北アフリカのバーバリー地方、および東地中海を治めるオスマン・トルコ帝国との交易でした。

一五七八年、イングランドはオスマン・トルコ帝国と通商条約を結びます。オスマン側としては、カトリック勢力の裏をかいて、イングランドから武器、火薬、硝石、錫、鉛などを輸入することを目論《もくろ》んでおり、イングランド側としては他国に介入されることなく、絹や香料の輸入が見込めました。双方にとって有利な関係が成立したわけです。

かつてヨーロッパの西に位置する島国に過ぎなかったイングランドは、地中海貿易に名乗りを上げたばかりか、東西の交易の重要な拠点となる足がかりをつかんだと言えるでしょう。シェイクスピアによって、イスラム文化との接触が避け難いと思われる、キリスト教圏の周縁《しゅうえん》の地が舞台となる芝居が次々と書かれました。『間違いの喜劇』の舞台となる小アジア西部エフェサス、『十二夜』ではアドリア海東沿岸の地のイリリア、そして『オセロ』のキプロス島、また『ヴェニスの商人』には北アフリカのイスラム教国であるモロッコの王子が登場します。

廣田　勝山さんのおっしゃることは、「閉鎖的」な国文学自身が、あるいは狭隘《きょうあい》な『源氏物語』研究が自らを解放して行くべきだというメッセージなんですね。

勝山　異教の他者との遭遇を通して、英国人は国際的な貿易国となろうとしている母国の姿に夢を抱きながら、自分たちのアイデンティティを模索していたのでしょう。

演劇は、そうした意味で、他者との遭遇を疑似体験させてくれる、仮想空間として機能していたのかもしれません。異教文化に触れ、その不思議に当惑しながらも、自らの劣等感をぬぐい去るため、なんとか相手より優位に立とうとする人々の精神的葛藤が、そのまま登場人物たちの台詞となって舞台上から聞き取れるように思います。

卒業論文を書く時には、こうした英国人のおかれた歴史的状況にも、目を向けて欲しいと思います。

経済史を取り入れた批評への注目

勝山　シェイクスピアが活躍したルネサンス期のヨーロッパ社会においては、封建社会の価値観が徐々に崩壊し、経済的価値を重視する初期資本主義的な社会の価値観が台頭しつつありました。

何しろ当時のロンドンは、一五五〇年に一二万人程度と考えられていた人口が、一六〇〇年には二〇万人に、更に一六五〇年には三七万五〇〇〇人へと飛躍的な伸びを示しています。こうした人口の増加の背景には、経済の活況が考えられます。ロンドンはアムステルダムと並ぶ貨物集散地として、一大貿易都市へと変貌しようとしていたことから、職を求めて地方から大量の人口が流れ込んできたのです。

当然のことながら、海外貿易に手を染めた商人たちは財力を蓄えると共に、名声と地位の向上を求めて貴族たち特権階級への接近を企てるようになります。商人階級と貴族階級の縁組が進み、階級の流動性に一層の拍車がかかりました。他方、めまぐるしい経済的変化に積み残された者たちは、巨大な貧困層を形成し、社会の底辺に滞留していったことも事実です。

廣田　大きな社会変動が起こっていたわけですね。

勝山　演劇作品においても、こうした社会の価値の変化は、登場人物の価値判断に影響を及ぼし、人間関係に現れてきます。登場人物たちは、金銭的な損得勘定に基づいて人生の選択を行いますし、人間関係を経済的な取引と捉えるようになってくるのです。

グローバル交易の影響や、階級社会の流動性、土地売買による富の蓄積、金銭の貸借から生ずる利子の問題など、人々の経済観念の変化を作品に読み込んでいくことも重要です。こうした経済論を取り入れた批評は、既に一九八〇年代から見られましたが、また近年になって勢いを盛り返してきたように思います。歴史学と経済学の交わるところに成立する経済史研究の勢いが、影響しているのでしょう。

廣田　経済史ですか。他の人文学系の隣接科学は参照しますが、私はまったく、そういう発想がありませんね。というのは、『源氏物語』が貴族社会を中心に描いているということもありますが、古代ではいまだ経済行動や商業活動は成熟せず、江戸時代の産業革命以前では、あるいは中世以前では、テキストを読む上で、経済論は重要な要件にはならないかもしれません。『今昔物語集』のような中世前夜にあたる院政期になると、平安京の内外で多様な職業が生じ、経済も活発になりますが、『源氏物語』の時代では問題としにくいと思います。

勝山　クレイグ・マルドリュー[＊45]は、当時の英国社会では、社会信用と言える「信用（credit）」が重要な意味を持っていたことを指摘しています。商人たちが商品の売り買いをする際に信用貸しをする場合などはもちろん、人々は日常生活の様々な局面においても、信用取引というネットワークの中に取り込まれていたというのです。

英国の経済が急速に拡大するなか、人口増加は需要過多による物価のインフレを引き起こしたにも拘わらず、市場に流通する金や銀の量には限りがありました。当然のことながら現金による支払いには限界があり、信用取引が一般的社会通念となっていたようなのです。あらゆるものが金銭的価値で測られる社会となりつつありながら、通貨そのものが交換の手段となり得ないというところに、個人の「信用」に重きをおくという文化が成立していたことがわかってきました。これらのことを考えると、芝居の理解の仕方もまた変わってきます。

こうした新たな発見を、ぜひとも卒業論文で読みたいですね。

逆に、作家の伝記研究へ回帰することも

勝山　ここ一〇年ほどの間に、シェイクスピアの伝記が盛んに書かれるようになりました。ニュー・クリティシズムが、作者から作品を切り離して、作品のみに焦点を当てるようになり、バルトが作者の死を宣言してから、ほぼ半世紀の時が流れました。ここに来て、再び作者の存在が脚光を浴びるようになってきたわけです。作品は、歴史の中で、社会の中で、そして文学的伝統の中で生み出されたものであると同時に、ひとりの人間の生み出したものであることは否定し難い事実です。実際、作者が確かに存在していることは動かし難い事実ですから。

廣田　作者の存在への考察への回帰ですね。

私もその点は同感です。研究が一周回って同じところへ戻ってきた感じがあって、私はこのごろ、作者の存在というものをどう関わらせてテキストを分析すべきなのか、よく考えるのです。

といっても、作者がどんな人か分かれば、作品が分かるというほど単純ではないですし、昔の伝記研究のように、いつ生まれいつ亡くなったか、とかどういう経歴があるかといった、事実の解明だけですと、作者の環境とか背景を記述するだけにとどまります。

勝山　シェイクスピアの生涯には謎の部分が多く、このこともまた人々の興味をひかずにおれません。彼は、ストラットフォードの地で、熱心なカトリック教徒であるジョン・シェイクスピアを父として生を受けました。しかしエリザベス政権のもと、国はプロテスタントである国教会を標榜しており、カトリック教徒は迫害されました。

幼いシェイクスピアが、グラマー・スクールで学んだことまでは分かっていますが、その後の彼の思春期の様子については、全く記録がなく謎に包まれたままです。この失われた年月を補うような新説が登場してきました。彼の父は、縁故を辿って、ランカシャーの貴族トマス・ホウトンのもとへと、息子ウィリアムを送ったのだというのです。

確かにランカシャーのホウトン家は、国内カトリックの拠点として、カトリックのネットワーク形成に重要な役割を果たしていました。父親ジョンが、自分の愛息を反宗教改革運動に参画するエリートとして教育しようとした可能性も、あながち否定はできません。そればかりかその貴族の屋敷に仕える者の中に、ウィリアム・シェイクシェフトと名乗る人物がいたことも分かってきました。(＊46) 果たして、この人物が若き日のシェイクスピアなのか。貴族の屋敷で教育を受けたからこそ、グラマー・スクールしか卒業していないはずの彼の作品は、驚くべき教養に支えられているのか。

それでは彼のカトリック信仰は、その作品に影を落としているのか。研究者の間では、激しい論争が続けられています。もはや作者の存在を無視することはできないと言えるでしょう。

これからの文学研究にどんな可能性があるのか

廣田　私は前々から、人間認識の深さというものを考えるときに、紫式部は南都法相宗の教義である唯識《ゆいしき》を学んでいたのではないかと考えていましたので、一〇年ほど前、一年間の国内研究をいただいたときに、仏教系の某大学に、あえて「学生」の身分で仏教学の勉強のために通いました。

そこで分かったことが二つあります。ひとつは、すでにうすうす分かっていたことですが、仏教学は一年では何ともならない、非常に奥が深いということです（笑）。

もうひとつは、仏教学は知識や教養の問題ではなく、自己の救済や悟りのための学であり、信仰のための学だということでした。つまり、仏教を「勉強のために勉強する」なんて愚かなことだということです。

つまり、仏教学にしても、在来の宗教を抱える民俗学にしても、隣接する学問に学ぶということは本当にできるのか、自己抑制的に、謙虚に学ぶ必要があると思います。知識ではなくて信仰なのだということは忘れられません。私が申し上げたかったことは、理論や方法などというものは、もともと簡単に「貸し借り」できるような性格のものではないということなのです。

勝山　なるほど。廣田さんの推薦される方法とはどのようなものですか。

廣田　結局「振り出し」に戻るのです。これまでの研究の枠組みといいますか、パラダイムの転換をちゃんと踏まえた上で、もう一度、学問はそれぞれ自前《じまえ》のものでなければ……。作品を何度も読む、そこからしか分析の方法は出て来ない、ということなんです。

勝山　私は、少し違った見方をしているように思います。

ここ半世紀の間に様々な理論が登場してきたことにより、私自身は文学研究は一層豊かなものになったと考えています。隣接する学問領域と交流することにより、作者と作品の関係や、歴史と作品の関係、社会と作品の関係、人間の深層心理と作品の関係、更にはイデオロギーと人間の主体性との関係など、幅広い方面へと議論を展開することが可能となりました。理論は文学研究を孤立した学問領域から解放してくれたという印象を抱いています。

理論の時代は終わったわけではなく、そうした考察の対象がすべて当然のこととして受け入れられるようになったという意味で、理論の役割は一段落したのかもしれません。ともかく理論は大きな役割を果たしたと思います。

廣田　それはそうです。私は過去の研究を「清算」したというつもりはないので、「理論の役割は一段落した」という御指摘は、全く同感です（笑）。

勝山　シェイクスピア研究では、いま歴史主義的な研究からの反発として、作家個人の精神的な部分、すなわちシェイクスピアの信仰に対する関心が増しています。

その他にも、歴史的な事実と対峙する私たち現代人の立場を批評に反映しようと、現代の視点を重視する批評も台頭してきました。(＊47) 更に、文学の復権を唱える美学的な批評も注目も集めています。(＊48) 文学研究の先行きが増々楽しみです。

廣田　今回は私が今まで知らなかった新しい研究を、勝山さんには色々と分かりやすく教えてもらうことができました。ただ、私の研究対象が古代のものであることと、シェイクスピアの一六、七世紀との時代差はじつに大きな問題かもしれません。しかし二〇一八年の今、テキスト分析のために、われわれにとって研究方法を、どのように考えているか、具体的な考察の事例を、御互いに後の章で紹介してみたいと思います。

こんな卒業論文を読んでみたい

廣田　私たちの国文学科では、「卒業論文」を学生時代の勉強の総決算であると位置付けています。これこそ大学教育の「最後の砦」で、いくらカリキュラムを組み変えても、これだけは死守したいと思います。国文学科は、もう長きにわたって、卒業論文の分量は四百字詰原稿用紙に換算して五〇枚前後と規定されていますので、なかなかのボリュームです。社会に出る前には、じつにいい試練です（笑）。

勝山　英文学科でも、やはり「卒業論文」は四年間の総まとめだと考えています。大学の授業を通して学んだことを基に、自分の力で研究・調査し、論文として完成させるのですから、大学生活の総決算だと思います。

廣田　昔、ある学生がネット上の記事をたくさん集めて持って来て、「これで卒業論文が書けますか」と聞かれたときには絶句しました（笑）。もちろん、研究の対象とする本文を読み、分析のために利用する第一次資料から正面きって当らないとだめだ、と学生に言いました。ところが、今でも時々、コピー・アンド・ペーストで「つなぎ合わせ」た草稿を「でっちあげ」てくる学生がいます。もちろんそれはアウトです。どっちみちすぐにバレますけれど（笑）。そういう学生は、それがなぜだめなのかなかなか理解してもらえないし、自分で考え調べて書く習慣がそれまでになかったことが分かります。

勝山　コピー・アンド・ペーストというのは、今の時代らしく、いかにも安直な方法ですね（笑）。自分の貴重な大学生活の集大成を、コピペで終わらせることに虚しさを感じないのでしょうか。地道に、一生懸命取り組んで、自分の力で完成させて欲しいと思います。

廣田　地味な研究としては、注釈書の項目ひとつの「誤り」を訂正することができれば、卒業論文としては、ひとつの「達成」だと言うこともあります。

　私の友人で、本学の日本文学講読の授業を担当していたのですが、『源氏物語』の本文に即して、注釈を丹念に一々検討しながら読んだ先生がいて、彼は一年かかって、まだ光源氏が生まれるところまで行かなかった、というのです（笑）。テーマを設定せず、注釈だけをただただ追いかけるとそうなりますね。

ひとつひとつの語の性質や語の歴史を考えて行くときりがありませんね。

勝山　まさに「青年老い易く、学なり難し」ですか（笑）。しかし研究というのが、地道な努力の積み重ねであることは、まさにその通りで、一朝一夕に思いつきでできるようなものではありません。そうした学問の現実を垣間見てもらい、肌で感じ取ってもらうことも、卒業論文の貴重な体験のひとつなのでしょう。

廣田　以前の学生で優秀な卒業論文を書いた人の例を挙げると、『落窪物語』という継子苛《いじ》めの物語で、主人公は継母によって寝殿《しんでん》の建て増し部分──「放出《はなちで》」というのですが──、不当にもここに住むことを強いられていた、そういう表現があるのです。彼女は、なぜひどい扱いなのかを明らかにするために、この「放出」の用例を『源氏物語』だけでなく、平安時代の作品や史料の中からできるだけ集めて、考察を加えたのです。最近ではそんな丹念な調査をする人は少なくなりました。

あるいは、御伽草子の信太狐の物語の諸本を渋川版以前まで溯《さかのぼ》って可能なかぎり見て、諸本の分類からやりなおした人もいました。ですが、最近では、そんな熱心な人はなかなか見当たりません。

勝山　そうした学問に対する情熱と努力こそが大切ですね。

英文学科では、シェイクスピアの作品論に取り組む学生が多いのですが、日本でのシェイクスピア翻訳を取り上げた学生もいました。シェイクスピアの翻訳は、明治時代から現代まででじつに数多く出ていて、それぞれの個性があり、時代性があります。それを本文と照らし合わせながら調査・研究し、卒業論文としてまとめたのです。

廣田　昨年の卒業式のとき、「文学部を出ても社会で通用するでしょうか」という不安を口にする学生がいましたので、カッと頭に血の上った私は（笑）、今となっては大人気《おとなげ》なかったなと思うのですが、「そうじゃない、バラバラに見えるものを分類、整理して、何が問題であり、それはどのようにして解決できるのか、という見通しを立てる力、言葉で説明できる力、問題発見・問題解決能力というものは、ゼミで議論し、卒業論文を書いていれば、絶対身に付いているはずだ。心配しなくてよい」とわざわざスピーチしたことがあります。

勝山　そうですね。現代の高等教育において、問題点に気付き、調査・研究を通して、最終的に解決策を見出すことを、実際に身に付けることができれば、学士号を与えてもらう資格が充分あると思います。

廣田　国文学科で学んだということは、正しい日本語を理解できることだけではなく、言葉を

「自分のもの」にするということは、いわば認識・思考・表現といった力を備えていることだと思います。

私たちは卒業論文を日本語で書くように求めていますが、英文学科ですと、英語も国語もできないといけないですものね（笑）。

勝山　英文学科ですから、英語はできてもらわないと困ります（笑）。

TOEFLやTOEICの試験を義務付けて、学生たちの語学力の確保には努めていますが、近年になって私が心配しているのは学生たちの日本語の能力です。日本で育ったのだから日本語ができるのは当たり前などとはとても言えません。大学入学までの読書経験の乏しさ、作文教育の不充分さは目を覆うばかりです。大学を出て社会人になっても、まともな日本語が書けないというのでは、本当に情けないと思います。

廣田　確かに大変ですね。

いつも日本人学生に向かって言うのですが、外国人留学生はもっと大変だ、と。大学院の私のゼミでも、留学生が今まで二人、学位論文を提出しましたが、母国語と英語と、それに国文学科でも古典を研究するとなると、現代語だけでなく古典語も勉強しなければというのは、本当に大変だと思います。頭が下がります。

英文学科では、卒業論文にどういうことを期待されていますか。

勝山　学生には、従来の学説をひっくり返そうなどと思って、珍説を考えるのではなく、シェイクスピア学の伝統に敬意を払いながら、学問の伝統を理解した上で、研究の展開にささやかながらでも貢献できるよう努力すべきだと話しています。

廣田　自分のことを棚に上げて、良い卒業論文の「理想」だけを申しますと、まず「はじめに」で魅力的な問題提起があり、仮説を丁寧に論証する手続きを経て、「まとめ」できちんと結論を示すという構成をとるのが理想です。「魅力的」というのは、今まで指摘されなかった問題を「発見」したとか、今までの「通説をひっくり返した」「読み方を変えた」というものですが、それは研究者でもなかなかそう簡単にできるものではありませんね。

勝山　私もそう思います。

繰り返し作品を読み、精読の後に批評家の意見に耳を傾けることになるのですが、批評家の意見をしっかり理解することもなかなか大変です。学部生にとって、批評家の分析は、そう易々と理解できるものではありません。批評家の主張をしっかり把握できれば、自分の思索を一層深めることもできます。また批評家の意見と、自分自身の考えとの類似点や相違点も見えてきます。学部生は作品を精読すると同時に、批評家たちと議論を交わせるようになれば、卒業論文が完成しているはずだと教えています。

　まぁ理想的に言えば、そうなって欲しいという願望も含まれているのですが（笑）。

廣田　理想は理想なので、なかなかそうはいかないですね。

　次に良い論文は、最初に示した課題が良いのに、後は段々しりすぼみになって行く（笑）、いわゆる「龍頭蛇尾」というものかな。ソツなく、小さく小さく纏《まと》めてあるのは、がっかりします。そんなものよりずっと良い。

　さらに駄目なものは、最初にテーマを見ただけで、読みたくなくなるものです。特に「重箱《じゅうばこ》の隅をつつく」論文はじつに残念ですね。それに、ともかく字だけ埋めてあると、ほとんど読む気を失います。

勝山　作品の本質から大きくずれた内容をテーマとして持ってくる場合は、やはり作品の読みが不充分なのでしょうね。

廣田　私はストーリーを追いかけただけのものとか、内容を撫《な》でただけのものとかは、作品の「追認」「後追い」するだけなので、もっとテキストの仕掛けや仕組み、からくりを明らかにする工夫が必要だと言い続けてきました。

勝山　卒業論文の草稿を読んで、問題の捉え方や方向性をもう一度話し合うと、次に持ってきた原稿が数段良くなっていることがあります。やはり、論文を書くという経験不足なのでしょう。

三年生までは、学期末の論文を書くにしても、課題として与えられた作品を授業でディスカッションし、プレゼンテーションした内容に、批評家の意見を紹介したような程度で、仕上げていたのでしょう。卒業論文になって初めて、自分で作品を選び、アプローチを決めて、資料調査をして、自らの議論を組み上げていくという経験をするわけですから。

廣田　特に、『源氏物語』のような、鎌倉時代から現代まで、分厚くて厖大な研究史をもつ古典だと、まず自分の興味のあるテーマに関する論文を概観するだけでもシンドイことですが、ともかくひととおりは読まないと始まりません。私は、かつて歴史的な意義のあった論文、それまでの発想を根本からくつがえした画期的な論文をまず見つけることが大切だと言ってきました。

しかしながら、私たちのようなアナログの時代と違って、最近はサイニー（CiNii）で簡単に論文や研究書の存在が検索・確認できますが、それでも検索・複写したものは結局、読まなければいけない（笑）。それは昔も今も一緒です。

勝山　作品を読むことも大変ですし、批評論文を読むことも、現代の大学生には大変ですよね。

街には漫画が溢れ、スマホで記事や配信を見聞きするのが日常になっていますから。だからこそ時間をかけてゆっくり書物と向き合うという経験は貴重だと思います。

廣田　そうですね、研究史の中だけで自分の課題を探すということも、可能は可能でしょうが、本来何をテーマとするかは、物語の本文を読む中で見つけるのが理想で、そのためには相当本文を読み込んでいる必要がありますね。

『源氏物語』に興味をもつきっかけは漫画でも映画でも演劇でもよいのですが、ともかく、本を買うこと。自分の本を持つこと、と私は普段から言っています（笑）。研究史を横目でにらみながら、本文を何度も読む、これしかコツはありません。

勝山さんのゼミの学生は、大学に入る前にシェイクスピアをやる、と作品を決めて入ってきますか。それとも、ゼミに入ってから探していますか。

勝山　大学に入る前から、シェイクスピアを勉強すると決めている学生は、非常に少ないと思います。

国文学科と違って、残念ながら英文学科は必ずしも文学が好きで入学してくるわけではありません。英語が好きという純粋な気持ちはあるのでしょうけれど、英文学に対する知識はほとんどありません。

しかし私は、英文学科に来てから英文学が好きになってくれれば良いと思っています。英文学科の学びの中で、英文学に目覚めてくれれば良いと考えています。私は、学部生にシェイクスピアが面白いと思ってもらえるよう、授業をしているつもりです。四年間の間にきっとシェイクスピアを好きにしてみせますよ（笑）。

廣田　それは失礼しました（笑）。

この数年間、言い続けていることなんですが、同じ作品を選んだ学生同士で情報を交換したり、議論することを勧めています。先生を頼るな、先生にすがるな、と。ところがせっかく調べたのに、自分の手の内を教えるのは損だという学生もいます。それでは「高み」にはいけません。本気で、しかも相手を尊敬する余裕をもって議論してほしいですね。

勝山　そうですね。学生たちが互いに作品を語り合えるような雰囲気作りも大切なのでしょう。教室でひとつの作品についてディスカッションするだけで、学生たちには今まで経験したことのない不思議な時間のようです。多忙を極める高校生活の中で、文学作品についてゆっくり話し合う時間などなかったのかもしれません。

ひとつの作品を読むという共通の読書体験を通して、それぞれの想いや考えを語り合い、話し合うという経験こそ、文学研究の基本なのでしょう。そうした経験から文学に出逢い、やがて自分というものの内面や、人間という存在、そして人生というものを考えることを学べば、文学部を巣立って行ってくれて良いと思います。

語注

（＊1）近代文学では、方法ということを強く意識する。例えば、最近の研究方法の入門的な著作として、大浦康介編『日本の文学理論 アンソロジー』（水声社、二〇一七年）は興味深い。

（＊2）William Hazlitt 一九世紀の英国の批評家、随筆家。『シェイクスピア劇中人物論』（一八一七年）などの著作がある。

Samuel Taylor Coleridge 一九世紀英国の詩人、批評家、思想家。『文学評伝』（一八一七年）をはじめ、『シェイクスピア講義』（一八一一―一二年、一八一八―一九年）などの著作で有名。

ロマン主義（Romanticism）。一八世紀末から一九世紀初頭に、古典主義への反発として起こった芸術運動。

（＊3）A. C. Bradley 英国の批評家。四大悲劇を論じた『シェイクスピアの悲劇』（一九〇四年、邦訳一九三八年）は性格批評を展開した名著。

（＊4）F. R. Leavis 英国の批評家。批評誌『スクルーティニー』を創刊し、批評界にリーヴィス派と呼ばれる一派を形成した。

（＊5）L. C. Knights 英国の批評家。論文 "How Many Children Had Lady Macbeth?"（一九三三

年）は、A・C・ブラッドレーの提唱した性格批評への反論として有名。

（＊6）申し子とは、子を授かるべく神仏に祈りをささげ、果たして得た子どもをいう。祈請することなく子を授かるものや、「醜いアヒルの子」のように継子も、根底では同じ申し子である。

（＊7）**Thomas Goffe**（1591-1629）シェイクスピアと同時代の劇作家。『怒れるトルコ人（*The Raging Turk*）』、『勇ましいトルコ人（*The Courageous Turk*）』などの劇作品を執筆。

（＊8）**Erwin Panofsky** ドイツ出身のユダヤ系美術史家。後にプリンストン高等研究所教授となる。ハンブルクのヴァールブルク文庫との接触から、イコノロジー研究の体系化に貢献した。『イコノロジー研究』（一九三九年、邦訳一九七一年）。

（＊9）風岡むつみの一連の研究論文。風岡は『源氏物語』に登場する女性は、人物ごとに和歌を詠み分けていることを論じている。

（＊10）廣田収『家集の中の「紫式部」』新典社、二〇一二年。

（＊11）男と女とが場面を構成するという問題については、玉上琢彌『物語文学』（塙書房、一九六〇年）、清水好子『源氏物語論』（塙書房、一九六六年）以降の研究に指摘がある。

（＊12）**New Criticism** 一九四〇年頃から、米国で大きな影響力をもった批評方法。**Vanderbilt University** の **John Crowe Ransom** を中心に、**Allen Tate** や **Robert Penn Warren** らが批評活動を展開し、一世を風靡した。

（＊13）**William Empson** 英国の批評家、詩人。代表作は『曖昧の七つの型』（一九三〇年、邦訳一九七二年）。

（＊14）**C. L. Barber** 米国の批評家。祝祭とシェイクスピア演劇の関係を論じた『シェイクスピアの祝祭喜劇—演劇形式と社会風習との関係』（一九五九年、邦訳一九七九年）は、文化人類学の考察から演劇を論じた名著。

（＊15）山口昌男の代表的著作として『人類学的思考』（一九七一年）、『文化と両義性』（岩波書店、一九七五年）、『知の遠近法』（一九七八年）など。

（＊16）**Roland Barthes** フランスの批評家、記号学者。『零度のエクリチュール』（一九五三年、邦訳一九七一年）で注目を浴びた。

（＊17）廣田收『『宇治拾遺物語』表現の研究』笠間書院、二〇〇三年。

（＊18）詳しくは本書所収の廣田の論考、注（14）参照。廣田收「『源氏物語』「物の怪」考」『古代物語としての源氏物語』武蔵野書院、二〇一八年。

（＊19）**Vladimir Propp** ロシアの批評家。邦訳『昔話の形態学』（一九二八年、邦訳一九八七年）により、構造主義の先駆者とされる。

（＊20）**Northrop Frye** カナダの批評家。邦訳『批評の解剖』（一九五七年、邦訳一九八〇年）は広く西洋文学全般を取り上げた名著。

（＊21）これまでの聞き取り調査や昔話の採録の分析から、昔話の語りの記憶は、一字一句丸暗記するという性格のものではなく、①語りの場面を映像として記憶している、②構成や表現の繰り返しを基本として記憶している、③一定のまとまりをもつ決まった言葉を語りの鍵として記憶している、ということが分かっている（廣田『『宇治拾遺物語』表現の研究』笠間書院、序章、注（63）〜（68）、廣田『『宇治拾遺物語』「世俗説話」の研究』笠間書院、第一章第二節、注（15）など）。

（＊22）廣田收『講義日本物語文学小史』金壽堂出版、二〇〇九年。

（＊23）廣田收『文学史としての源氏物語』武蔵野書院、二〇一四年。

（＊24）藤井貞和『タブーと結婚—「源氏物語と阿闍世王コンプレックス論」のほうへ—』笠間書院、二〇〇七年。

（＊25）河合隼雄氏の一連の研究。例えば河合『源氏物語と日本人—紫マンダラ』（二〇〇三年、講談社文庫）。

（＊26）Sigmund Freud オーストリアの神経科医。精神分析の創始者。ハムレットに関するこうした考え方は、フロイトの『夢判断』（一九〇〇年、邦訳一九三〇年）の中で初めて示された。

（＊27）深澤三千男『源氏物語の形成』（桜楓社、一九七二年）は、文化人類学的手法で『源氏物語』を分析した画期的な業績。

（＊28）Ernest Jones 英国の精神科医、精神分析家。*Hamlet and Oedipus*（1949）.

（＊29）モティフ・インデックス、タイプ・インデックスなどの一覧表は『日本昔話事典』（一九七七年、弘文堂）、『日本昔話通観』研究篇１・２（一九九三・一九九八年、同朋社）などが簡便に見られる。

（＊30）Maud Bodkin 英国の批評家。*Archetypal Patterns in Poetry: Psychological Studies of Imagination*（1934）. で有名。

（＊31）Janet Adelman. "Iago's Alter Ego: Race as Projection in *Othello*," *Shakespeare Quarterly*, Vol.48. No.2（Summer, 1997）, pp.125-144.

（＊32）廣田收『古代物語としての源氏物語』第四章第二節、武蔵野書院、二〇一八年。

（＊33）John Lee 英国の批評家。*Shakespeare's* Hamlet *and the Controversies of Self*（2000）.

（＊34）George A. Kelly 米国の心理学者。*The Psychology of Personal Constructs*（1955）.

（＊35）E. A. J. Honigmann *Othello.* The Arden Shakespeare, The Third Series（1997）. の序論を参照。

（＊36）Valerie Wayne. "Historical Differences: Misogyny and *Othello,*" *The Matter of Difference: Materialist Feminist Criticism of Shakespeare*（1991）.

（＊37）Eve Kosofsky Sedgwick 米国の文学研究者で、ジェンダー論の専門家。邦訳『男同士の絆―イギリス文学とホモソーシャルな欲望』（一九八五年、邦訳二〇〇一年）。

（＊38）René Girard フランスの文芸批評家で、スタンフォード大学やデューク大学で教鞭をとった。邦訳『欲望の現象学―ロマンティークの虚偽とロマネスクの真実』（一九六一年に仏語で出版され、一九七一年に邦訳）。

（＊39）E. M. W. Tillyard 英国の批評家。邦訳『エリザベス朝の世界像』（一九四二年、邦訳一九九二年）。

（＊40）Michel Foucault フランスの哲学者、歴史家。『狂気の歴史』（一九六一年、邦訳一九七五年）『言葉と物』（一九六六年、邦訳一九七四年）『知の考古学』（一九六九年、邦訳一九七〇年）『監獄の誕生―監視と処罰』（一九七五年、邦訳一九七七年）等の著作で有名。

（＊41）Niccolò Machiavelli ルネッサンス期の政治思想家。『君主論』で有名。
Cornelius Tacitus 帝政期ローマの政治家、歴史家。一五九〇年代の英国において、エセックス伯爵と彼を取り巻く人々の間ではタキトゥスが盛んに読まれた。

（＊42）　Louis Adrian Montrose 米国の批評家。この論文は "Shaping Fantasies: Figurations of Gender and Power in Elizabethan Culture" と題して *Representations* 2（Spring, 1983）に掲載された後、"*A Midsummer Night's Dream* and the Shaping Fantasies of Elizabethan Culture: Gender, Power, Form" と改題して Richard Wilson と Richard Dutton によって編纂された *New Historicism and Renaissance Drama*（1992）に収録されている。

（＊43）　Stephen Greenblatt 米国の批評家。新歴史主義を代表する研究者。邦訳『シェイクスピアにおける交渉―ルネッサンス期イングランドにみられる社会的エネルギーの循環』（一九八九年、邦訳一九九五年）。

（＊44）　Edward W. Said 米国の批評家。エルサレム生まれのパレスチナ人。エジプトのイギリス系の学校で学んだ後、プリンストン大学で学士号、ハーヴァード大学で修士号、博士号を取得。コロンビア大学の英文学と比較文学の教授を務めた。『オリエンタリズム』（一九七八年、邦訳一九九三年）。

（＊45）　Craig Muldrew 英国の経済史学者。*The Economy of Obligation: The Culture of Credit and Social Relations in Early Modern England.*（1998）.

（＊46）　Richard Wilson 英国の批評家。*Secret Shakespeare: Studies in Theatre, Religion and Resistance*（2004）.

（＊47）　現在主義（Presentism）。例えば、Terence Hawkes, *Shakespeare in the Present*（2002）がその立場を明確に物語っている。

（＊48）　新美学主義（New Aestheticism）。Isobel Armstrong, *The Radical Aesthetic*（2000）. 近年の

あらゆる文学理論が美的なものを拒絶しているとして、それに対する違和感を表明しながら、理論的基礎を問い直そうとする。

現実主義および新美学主義に興味があれば、ピーター・バリー『文学理論講義』（一九九五年、邦訳二〇一四年）を参照されたい。

（二〇一八年一一月稿）

シェイクスピアをどう読むか

——『ヴェニスの商人』私の読み方の場合——

勝山貴之

イングランド人としてのアイデンティティの確立

イングランド人は、いかにしてイングランド人となったのか。言い換えるなら、イングランド人は、いかにしてイングランド人としてのアイデンティティを成型し得たのか。近年、私が探求してきた課題です。

ルネサンス期には、大航海によって遥か遠くの国々との交流が盛んになりました。イングランド人は、母国がヨーロッパの西の果てにある小さな島国に過ぎないことを、否とも思い知らされることとなります。母国の将来を考えるなら、他国との交易を積極的に推し進め、グローバル交易の中に確固たる地位を築いていくことは、何よりも重要なことだったはずです。

おそらくキリスト教イングランド人にとって、見知らぬ世界への関心を呼び起こしてくれるものだったでしょう。同時に、そうした異教の他者は、イングランド人の敵対心や対抗心を呼び起こすものであったかもしれません。異教世界の不思議に触れ、異教文化との交流に心躍らせながらも、時に自らの劣等感を拭い去るため、異文化からの来訪者をやり込め、自らの優位を示そうとすることもあったでしょう。そこには他者の抱く宗教観や価値観との衝突があり、相手に対する弾圧や譲歩があったはずです。演劇は、そうした自己のアイデンティティを形成する仮想空間とも呼べるものです。舞台上に登場する様々な異邦人とのやり取りは、英国人に他者との関係をシミュレーションさせることとなったと思われます。描き出された架空の世界を通して、英国人は自己成型のための試行錯誤を繰り返したに違いありません。

いくつか具体例を挙げながら、シェイクスピア作品の中に、異教の他者と遭遇した当時の人々の精神的葛藤の跡を辿っていきたいと思います。

『ヴェニスの商人』の場合

『ヴェニスの商人』は、シェイクスピア作品の中でも人気のある作品です。性格批評、イメジャリ研究、フェミニスト批評など、今までにも様々な分析がなされてきました。ここでは特に、作品の執筆された時代との関係に焦点を当てて、作品分析をしてみたいと思います。当時のイングランドの置かれた複雑な外交関係を知っておくことは、作品をより深く理解するうえで重要です。また、益々盛んになる海外との交易がイングランドの経済におよぼした影響を考えておくことも必要でしょう。そこからは当時の人々の抱いた経済に対する考え方の変化が読み取れると思われるからです。

『ヴェニスの商人』は、おそらく一五九六年から一五九七年頃に執筆されたと考えられています。この章では、作品を生み出した時代、そしてその時代の風にこたえて書かれた作品という両面から、『ヴェニスの商人』をいま一度考え直してみることとします。

『ヴェニスの商人』のあらすじ

ヴェニスの商人アントーニオは、親友バサーニオから、資金援助の相談をもちかけられる。バサーニオは、ベルモントに住む金持ちのひとり娘への求婚を考えているが、それには資金がいるという。なんとか親友の力になりたいと考えたアントーニオは、強欲なユダヤ人の金貸しシャイロックに借金を申し入れることを決心する。依頼を受けたシャイロックは、金を融通するが、返済できない場合には、利子の代わりとして、アントーニオの身体から肉一ポンドを切り取ることを求めるという。シャイロックのことばを半ば冗談ととらえたアントーニオは、条件を承諾し、両者の間に証文が交わされる。

アントーニオの好意により、資金の準備ができたバサーニオは、すぐさまベルモントへと向かった。バサーニオの求愛する相手はベルモントの名家の娘ポーシャである。ポーシャの亡父は、遺言の中で、ポーシャに求婚する者たちにある試練を課していた。金の箱、銀の箱、鉛の箱という三つの箱から一つを選び、その中にポーシャの絵姿を見出した者には娘との結婚が許されるという。そして選び損なった場合には、一生独身を通すという誓いが求められた。美しいポーシャの評判を耳にし、世界各地から多くの求婚者がベルモントを訪れていた。まずモロッコの王子が箱選びに挑戦するが失敗、次にスペインのアラゴンの公爵が挑戦するも、これまた失敗に終わる。いよいよバサーニオの登場となり、バサーニオは鉛の箱を選び、見事、箱の中にポーシャの絵姿を見出した。密かにバサーニオに想いを寄せていたポーシャも大喜びし、二人は周りの祝福のうちに結ばれる。

その頃、ヴェニスでは大事件が持ち上がっていた。所有する船舶が海難に遭ったアントーニオは、借金返済の期限が迫るにも拘《かか》わらず、シャイロックに返済する資金が用意できない。シャイロックはキリスト教徒であるアントーニオが窮地におちいったと見るや、日頃の恨みを晴らそうと、証文どおり肉一ポンドをもらおうと彼に迫る。アントーニオからの手紙で親友の窮地を知ったバサーニオはヴェニスの法廷に駆けつけるが、借金総額の何倍もの金を返すというバサーニオの申し出を前にしても、シャイロックは証文を盾に、決して妥協しようとはしない。この一件のために、遠方より呼び寄せられた法学者が証文の妥当性を検討し、シャイロックの説得にあたる。言葉を尽くした法学者の説得にも、シャイロックは証文の文字に書かれたとおりだと言い張って、妥協案を頑《がん》として聞き入れない。

あくまでアントーニオの身体の肉一ポンドを要求するというシャイロックが、アントーニオの胸に刃を突き立てようとした瞬間、法学者は証文どおり肉一ポンドを取ってもよいが、切り取る肉は正確に一ポンドでなくてはならず、更に一滴の血も流してはならないと言い放つ。追いつめられたシャイロックは、しぶしぶ妥協案を受け入れると言い出すが、法学者はシャイロックの全財産の半分を没収するとともに、シャイロックにキリスト教徒へ改宗することを言い渡すのであった。

バサーニオは、法学者の裁定に大喜びし、御礼をしたいと申し出たところ、法学者はなぜかバサーニオのしている指輪を欲しがる。指輪はポーシャからもらった貴重な品であったが、バサーニオは指輪を法学者に与えてしまう。実は、法廷に現れた若き法学者は、変装したポーシャであった。何も知らず、ベルモントに戻ったバサーニオは、ポーシャから指輪のことを問いつめられ返答に窮《きゅう》する。やがて事実を知らされ唖然とするものの、劇は大団円となる。

一　『ヴェニスの商人』の材源

シェイクスピアが参考にした物語集

まずは、『ヴェニスの商人』の材源についてお話ししておきたいと思います。『ヴェニスの商人』に描かれているような、借金のかたに人肉を提供する民話は世界各地に存在します。民俗学の方面から『ヴェニスの商人』の材源を探求された民族社会学者・西尾哲夫氏によると、こうしたモチーフは、イエメン、イラン、シリア、パレスチナ、トルコ、エジプト、モロッコなどの中東各地、セルビア、ヘルツェゴヴィッチ、スロベニア、ギリシア、アルバニアなどにも存在し、更にはアイルランドやスコットランドにも見出すことができるそうです。(1)

中世ヨーロッパには、こうした広域に拡散した様々な民話を集めた物語集が存在します。一四世紀の終わりに書かれたとされる、ボッカッチョの『デカメロン』などが有名です。(2)この『デカメロン』にならってジョヴァンニ・フィオレンティーノが、一四世紀末に執筆した『イル・ペコローネ』という物語集があります。(3)この物語集の第四日目に語られる物語が、シェイクスピアの『ヴェニスの商人』とそっくりであることから、おそらくシェイクスピアはこの書物を参考にしたのではないかと考えられています。

ただし『イル・ペコローネ』は、一五五八年にミラノで出版された後、永らく英語に翻訳されることはなかったようで、シェイクスピアの時代にも英訳が出版されたという記録は見つかっていません。しかしシェイクスピアが実際に原書を手に取ったかどうかは疑わしいように思えます。未だに発見されてはいないものの、実は『イル・ペコローネ』の英訳版が存在したのか、あるいは『イル・ペコローネ』を元にした類似の書物や口承伝説をもとに、シェイクスピアが劇を執筆した可能性も考えられます。

『イル・ペコローネ』の物語

物語の主人公ジアネットは、裕福なヴェニス人アンサルドの養子です。アンサルドはジアネットをたいそう可愛がっており、アンサルドが友だちたちとアレクサンドリアに旅に出たいというと、喜んで船を準備し旅支度を整えてやります。旅の途中、ジアネットはベルモントに住む不思議な未亡人の話を耳にします。その未亡人は莫大な財産を所有しており、彼女と一夜を共にできた者は彼女と結婚することができるが、失敗すれば逆に全財産を奪われるのです。ジアネットは未亡人と結婚しようと試練に挑みますが、未亡人と一緒に床についたものの、深い眠りに落ち、朝を迎えてしまいます。

すべてを失って故郷のヴェニスに戻ったジアネットですが、未亡人のことが忘れられず、再度アンサルドに頼んで、ベルモントへ船出します。しかしジアネットの意気込みにも拘《かか》わらず、挑戦はまたもや以前と同じ失敗に終わってしまいました。諦めきれないジアネットは、アンサルドに無理を承知で三度目の資金援助を請います。アンサルドは、ユダヤ人の金貸しに金を借りてまで、ジアネットに資金を用立ててやります。

この時ユダヤ人はアンサルドから、借金が期日までに返せない時には、アンサルドの身体から肉一リブラを貰い受けることを契約させます。ベルモントに戻ったジアネットは、未亡人獲得のため三度目の挑戦をしようとしますが、今回は、彼を不憫に思った侍女が秘密を耳打ちしてくれました。床に入る前に供される寝酒に眠り薬が入っていたのです。秘密を知らされたジアネットは酒を口にせず、見事未亡人と結ばれることとなります。

皆の祝福を受け、ジアネットは未亡人とベルモントで幸せな結婚生活を送りますが、他方ヴェニスでは、アンサルドがユダヤ人から借金が返せないのならと、身体の肉一リブラを要求されていました。この後の展開は、裁判の行方や指輪にまつわるエピソードに至るまで、シェイクスピアの『ヴェニスの商人』とほぼ同じです。

箱選びのエピソードと『ゲスタ・ロマノールム』

もう既に気付いておられると思いますが、『イル・ペコローネ』の人肉裁判のエピソードは『ヴェニスの商人』とそっくりですが、物語前半の、ベルモントの女性と結婚するための試練のエピソードは全く異なります。しかし金と銀と鉛の箱から正しいものを一つ選ぶというエピソードは、多くの神話や民話の中に見受けられます。フロイトが心理学を用いて、神話や民話の中に三つの選択肢を与えられるエピソードを探求していることは、よく知られています。人間の深層心理の生み出す共通のモチーフなのでしょう。

三つの選択肢を扱った数多《あまた》の神話や民話の中から、おそらくシェイクスピアが参考にしたのは、『ゲスタ・ロマノールム（ローマ人行状記）』の第三二話であろうと思われます(4)。この書物は、最初のラテン語版がケルンで一四七二年に発行された後、様々な増補・改訂が行われ、各地で出版されました。一六世紀の初頭には英語の翻訳版が出版され、一五七五年に英国人リチャード・ロビンソンによる改訂版が出版されています。したがってシェイクスピアも、英語の翻訳を手にすることができたはずです。

物語の中で、ローマ皇帝アンセルマスはひとり息子の結婚に際して、花嫁となる女性に箱選びの試練を与えます。一番目の金の箱には人間の骨が、二番目の銀の箱には土と虫が、そして三番目の鉛の箱には宝石が入れられており、それぞれの箱には謎かけのような銘が彫られています。試練に挑戦したアムプルイ王の姫は、見事に三番目の鉛の箱を選び取り、皆の祝福を受けて皇帝の息子との結婚が許可されます。

シェイクスピアは、このエピソードの男女関係を逆転させて、『イル・ペコローネ』の物語に組み入れたのだと考えられます。

二　劇が創作された時代の影響

時代と作品

シェイクスピアが劇の着想を得た材源の見当はつきましたが、これだけでは『ヴェニスの商人』の執筆の背景を知る手がかりとして、充分とは言えません。そもそもどうしてシェイクスピアはこれらの材源に着目したのでしょう。何故ユダヤ人の金貸しの芝居を書こうと思い立ったのでしょうか。また箱選びの挑戦者としてモロッコの王子やスペインのアラゴン公爵を登場させることに、どのような意味があるのでしょう。まず、台詞に現れる地名に注目してみたいと思います。

『ヴェニスの商人』に登場するアントーニオの商船は、交易のために遠く離れた国々を訪れています。劇の第一幕三場においてユダヤ人シャイロックは、アントーニオの商船が海を越えて世界各地に送られている様子を語っています。

シャイロック・・・あいつの財産は、仮りのものだ。あいつの商船のひとつがトリポリに向かっている、もうひとつはインド諸島に出ている。それにリアルトの取引所で聞いたところでは、三隻目がメキシコだそうで、四隻目はイングランドだとか、他にもあちこちへ送っているらしい。

（第一幕三場一七―二一行）(5)

更に、アントーニオの商船の寄港先は、親友バサーニオの台詞でも言及されます。バサーニオの語るところによれば、トリポリ、インド、メキシコ、イングランドの他にも、リスボンやバーバリーといった地名が加わっています（第三幕二場二六八―六九行）。トリポリ、メキシコ、リスボン、バーバリー、そしてインド（西インド諸島または東インド）などの地名は、当時の世界貿易の主要都市であることは言うまでもありません。ちなみに、「バーバリー」という地名は、北アフリカのアラビア語やトルコ語においては使用されず、イングランド人が表記する際に使われる呼称で、オスマン・トルコ帝国の摂政管区であるトリポリタニア、チュニジアそしてアルジェリアおよび、オスマン・トルコの勢力からは独立・自治を守っていたモロッコ王国を指し示すものでした。

しかし、ここで疑問が浮かびます。果たして劇の舞台となっているヴェニスは、ここに挙げられている都市を結ぶ世界貿易の中心地であったのでしょうか。確かにヴェニスは地中海世界における交易の重要都市ではありましたが、メキシコやインドといった遠隔地を、ヴェニスの商船が訪れるとは考え難いように思われます。地中海貿易は、アフリカ大陸を迂回するインドへの航路の発見や新大陸を結ぶ航路の出現により、その様を大きく変えつ

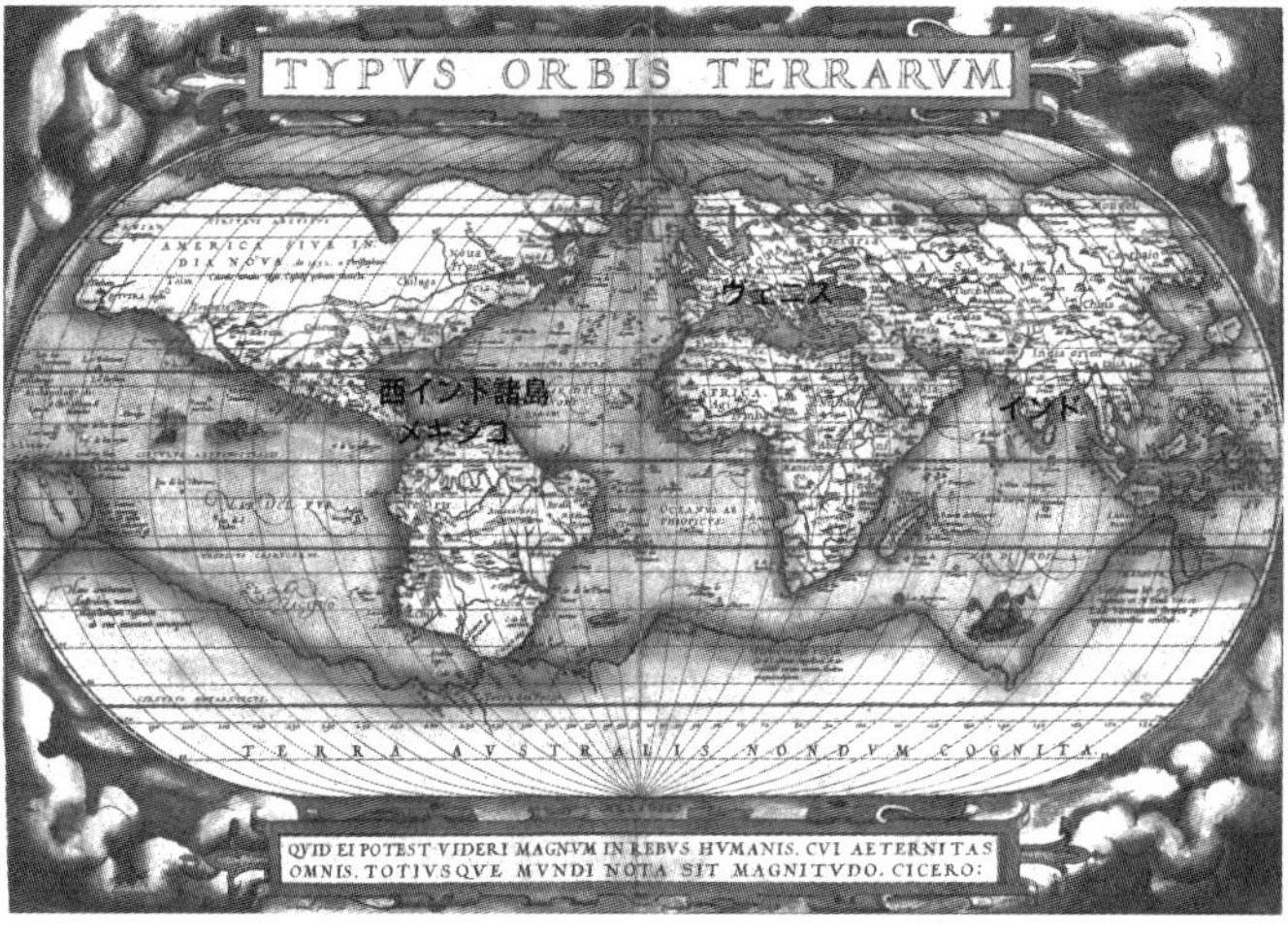

アブラハム・オルテリウスの世界地図（1570）

つありました。かつて地中海貿易の主役であったヴェニスも、大西洋やインド洋を舞台とする新たな貿易航路に、その主役の場を奪われつつあったのです。

残念ながら従来の批評は、こうした地中海貿易の変化を全く無視するか、あるいはたとえ貿易都市ヴェニスの斜陽に言及することがあったとしても、台詞の中に現れる貿易港について多くの関心を寄せることはありませんでした。

メキシコ、インド、リスボン、バーバリーなどの世界貿易の主要都市や地域は、当時のイングランドの商船が、ポルトガルやスペインと海洋貿易の覇権を争っていた地域だったのです。ヨーロッパ、アフリカ、そして新大陸を結ぶ三角航路、およびアフリカの喜望峰を迂回しインドとヨーロッパを結ぶインド航路は、大航海時代の貿易国としてイングランドの生き残りをかけた生命線であったはずです。したがって、シェイクスピアが『ヴェニスの商人』で思い描いているのは、貿易王国ヴェニスの姿ではないことに気付かされます。むしろシェイクスピアが舞台上に描いているのは、当時のイングランド人の抱く海外貿易の現実であり、モロッコやスペインとの複雑な政治的駆け引きを繰り広げたエリザベス政権の実状であったと考えるべきなのでしょう。ヴェニスでの物語と聞きながらも、舞台を観守る観客の脳裏に浮かんだのは、自国イングランドの姿だったはずです。

このことを知るための手がかりは、一六世紀後半におけるイングランドの置かれた複雑な外交状況にあります。

イングランドとモロッコ

父親ヘンリー八世の断行した宗教改革により、一五七〇年、ローマ教皇に破門を言い渡されたエリザベス女王は、カトリック勢力が支配する地中海貿易から閉め出されることとなりました。なかでもイングランドとスペインとの対立は深刻で、一五八〇年代に入ると、両国の間でいつ戦争が勃発してもおかしくない緊張した状況となりました。

スペインをはじめ、フランスやローマ法王といったカトリック勢力と対抗していくために、イングランドにとって、国庫を豊かにし

エリザベスＩ世（c.　1588）

国力を増強させておくことは、何にもまして重要なことでした。エリザベスとしては、何としても地中海に新たな交易ルートを求める必要があったわけです。カトリック支配の及ばない地として、エリザベスに残された道は、わずかに地中海におけるイスラム教支配地域のみでした。もちろん異教国との取引には、宗教上の問題から抵抗もあったでしょう。しかしそうした問題にためらいを覚える余裕は、イングランドにはなかったはずです。エリザベスは、まず地中海西部に位置するモロッコとの交易を模索し始めます。エリザベスの胸には、モロッコからオスマン・トルコ帝国、そしてペルシャ帝国、更にはインドとの交易をも見据えた海外貿易という遠大な計画があったのでしょう。

一五七八年八月、モロッコ王に即位したアーマド・アル＝マンスールは、巧みな政治手腕によって、歴史にその名を留めた人物です。(6) バーバリー地方において、トリポリタニア、チュニジア、アルジェリアがオスマン・トルコ帝国の摂政管区であったにもかかわらず、モロッコだけがオスマンの勢力からの独立を守りとおしていたことからも、そのことは窺い知れます。バーバリー情勢を知るにつけ、エリザベスは地中海での足場を確保するためにも、モロッコとの協力体制を築き上げることを、まず最優先と考えていました。書簡を通じてエリザベスのほうから、アル＝マンスールに同盟関係を持ちかけていたことが、記録として残されています。

しかし、モロッコ王としては、イングランドはヨーロッパの西の端に位置する島国で、スペインやフランスといった列強国に比して、真剣に向き合う必要のない小国に過ぎません。もちろんアル＝マンスールにとっても、大国スペインと対峙していくことを考えると、イングランドは全く利用価値がないわけではありませんでした。モロッコは火薬のもととなる硝石の産地でもあり、これをイングランドに輸出し、見返りに武器の輸入を約束させることも可能であると思われたでしょう。その他、金や砂糖など自国の産物の輸出先としても期待がもてたはずです。エリザベスとアル＝マンスールの間に交わされた多くの書簡が残されており、それをとおして両者の政治的駆け引きの様子が窺われます。

アル＝マンスールは、これから先、イングランドがスペインとの対立を深めれば、エリザベスがなお一層同盟国としてモロッコの協力を必要としてくることは、充分承知していたはずです。一五八〇年六月にイングランド王室に送られた書簡のなかで、モロッコ国内にいるあらゆるイングランド商人を保護することが約束され、モロッコ側の友好的姿勢がエリザベスに示されました。

年を追うごとにイングランドとスペインの対立はいっそう深刻となり、両国間の武力衝突は避け難い状況となりつつありました。エリザベスはスペインとの来るべき全面衝突に備えて、モロッコの港をイングランドに解放するようモロッコ王アル＝マンスールに求めます。モロッコの港に駐留できたなら、イングランド本国へ向かうスペイン海軍に側面から攻撃をしかけ、スペインの勢力を分散させることも、戦法として考えられたからです。しかしモロッコは、ここに至ってスペイン側につくかイングランド側につくか、即座に態度を表明することはなく、時間稼ぎをしながら、港の解放を易々と承諾はしません。

アル＝マンスールは、カトリック勢力のスペインとプロテスタント勢力のイングランドの両者を天秤《てんびん》にかけながら、どちらにつくのが自国にとって有利かを見定めようとしていたのです。一五八八年夏、スペインのアルマダ艦隊に対してイングランドが勝利をおさめたのを見極めて、ようやくモロッコはエリザベスとの積極的な同盟関係締結に乗り出します。モロッコはこの時はじめて、イングランドがモロッコにとって対等な同盟国として認めるに値する国であり、モロッコのこれからの外交政策を考えていくうえで、自分たちにとって有効なカードと成り得るとの判断をしたのでしょう。

モロッコとの複雑な外交関係

一五八九年一月に、モロッコから大使ムシャク・ライツが来訪し、バーバリー・カンパニーの歓待を受けて、松明を掲げロンドン市中へと先導された、との記録が残されています。アルマダを撃破したイングランドには、スペイン艦隊に更なる攻撃を加えるためポルトガルへ侵攻する計画があり、これに備えて大使ライツはアル＝マンスールから百隻の軍船と一五万ダカットの軍資金をエリザベスに援助する、との申し出を携えていたといわれています。スペインとの戦費を捻出するため、国家財政に大きな負担を背負っていたエリザベスにとって、モロッコからの資金援助は喉から手が出るような申し出であったに違いありません。しかしモロッコからの資金援助はなかなか実現されず、エリザベスはアル＝マンスールに送った書状の中で苦言を呈しています。イングランドからの催促に対してモロッコ王は悠長に構える一方で、彼はアフリカ大陸西北部に位置するソンガイ帝国への侵略を企てていました。

モロッコ大使（c. 1600）

ソンガイ帝国は、塩と金の産出国として知られ、ソンガイ帝国を征服することによって、西スーダンの通商路を手にすることは、モロッコに大きな利益をもたらすはずでした。一五九一年三月、アル＝マンスールは火器の力をもって、弓矢で対抗するソンガイ帝国の軍隊を撃破し、その地の金鉱を手に入れることに成功します。戦の勝敗を見守っていた各国の商人たちは、モロッコの経済的繁栄を見越して、一斉にモロッコの港へと殺到しました。当然、エリザベスとしてもモロッコの豊かな国庫は大きな魅力と映ったに違いなく、再度、スペインとの新たな戦争に向けて、同盟関係の継続と資金援助を求める書簡を送り届けています。一方、モロッコ側としても、自国の防衛を考えるうえで、イングランドを焚きつけてスペインと敵対させ続けることが望ましく、一五九六年に行われたイングランドのカディス侵攻には、モロッコの軍船を派遣することによって英国との協調姿勢を明確にしました。いまや西ヨーロッパのキリスト教国にとって、イスラム教国モロッコは西地中海の政治・経済を語るうえで決して無視することのできない国となりつつありました。一五九六年一二月にはフランスもまた、モロッコの軍事的・財政的協力を求めて、外交使節団を送り込んでいました。

ソンガイ帝国征服に続いて、勢いづくモロッコは新大陸に対する野心も抱いていました。モロッコ王がイングランドに西インド（南アメリカ）のスペイン植民地を奪取する計画をもちかけていたことが、一六〇三年の書簡から知れます。書簡の中で、アル＝マンスールはエリザベスに、イングランドとモロッコの軍事同盟による西インドへの攻撃を提案し、スペイン勢力を追放した後の西インドの植民地支配について、具体案を提示していました。

しかしエリザベスとしては、新大陸においてまでスペインと敵対するつもりはありませんでした。それを実行するだけの余力は、いまのイングランドに残されていないとの判断から、回答を渋ったのでしょう。エリザベスが、モロッコの申し出を拒んだ時に、アル＝マンスールは、もはやイングランドの利用価値はなくなったと判断したかのようです。したたかなモロッコ王はエリザベスに新大陸のスペイン植民地侵略の書簡を送る裏で、既に数ヶ月前からスペインと手を組み、オスマン・トルコ帝国に対抗していく準備を着々と始めていたのです。

従来の批評においては、スペインの強大な力を恐れるモロッコは、イングランドが救いの手を差し伸べてくれることをひたすら待ち望んでいたとの考えが見受けられます。しかしエリザベスとアル＝マンスールの外交上の駆け引きを見る限り、モロッコはスペインの脅威を前にして、右往左往しているだけの弱小国などではなかったようです。イングランドの援助を求めているふりを装いながらも、モロッコはその巧みな外交戦術によって、なみいる列強国を相手に、アフリカ大陸北西部における自国の自治・独立の堅持と新大陸における権益を模索していたのです。モロッコはイングランドにとって、その協力が是非とも必要とされる同盟国でありながら、決して侮ることのできない危険なパートナーであったことも忘れてはならない事実です。

イングランドの庶民感情

もちろん複雑に絡み合う国際情勢を、一般庶民が深く理解していたわけではありません。庶民の間には、モロッコ人に対する根強い差別意識が存在していました。

一六〇〇年から翌年にかけて、ロンドンを訪れたモロッコからの外交使節の様子を記した記録が残されています。そこからは異教国からの来訪者に対する一般庶民の好奇と偏見の絡み合う複雑な想いが読み取れます。例えば、イスラム教徒たちのハラル食へのこだわりは、まさに異教徒の奇妙な習慣として好奇の目で見られました。イスラム教徒たちが、キリスト教国においても自分たちの宗教的慣習をかたくなに守り通そうとしたことは、イングランド人たちには異様なものとして映ったのでしょう。

また、モロッコからの外交使節が、外交とは名ばかりで、その実体は商業視察団に過ぎないのではないかと、彼らの訪問をイングランド人が懐疑的にとらえていたことも事実です。両国間の通商において、モロッコ人たちは自分たちがすこしでも有利な立場に立とうとして、あらゆる工作をしているのだと勘ぐられました。帰国に際して、イングランドの重量器、計量器、商品のサンプルを携えていく彼らの姿は、まさに彼らの訪問がイングランドの商取引に対する情報収集と諜報活動のためであることを、物語っていました。

大使たちが帰国の途につくにあたって、商人や水夫たちは異教徒である彼らを自分たちの船舶に乗船させることを拒んだことが記録に残されています。異教徒に快く援助の手を差し伸べたり、彼らと親しく交わることは、民衆の間では忌み嫌われたのです。結局、一般商船への乗船を拒否された大使たちの一行は、エリザベスの差し向けた船舶に乗船し、トルコを経由してモロッコへ帰国しました。大使たちが一旦トルコへ向かおうとしたのは、イングランドとの外交交渉をスペインに感づかれることを避けたためでもあったのでしょう。エリザベスの用意したイングランド軍船で帰国することは、途中スペインの襲撃を受ける可能性もあり、多大の危険を伴うものでした。本来なら避けるべきこうした事態を引き起こしてしまったイングランド側の不手際について、エリザベスからモロッコ王にあてた詫び状が残されています。

国際情勢を考えれば、モロッコとの交易はイングランドに残された数少ない選択肢であったのかもしれませんが、これらの事実を見る限り、異教の民に対する庶民の偏見はそう簡単に拭い去れるものではなかったようです。異教信仰の異人種に頼らねばならないという必要性と、胸の内にある差別意識から生じる葛藤は、当時のイングランド人の誰もが共有していたものなのでしょう。こうした歴史の中に埋もれたように思える様々な記録も、作品に対する私たちの理解を助けてくれます。

三　交易と平等

異人種婚

それでは作品『ヴェニスの商人』に戻って、作品に描かれた異人種婚について考えてみたいと思います。

『ヴェニスの商人』に描かれるポーシャの父の遺言は、絵空事のように見えながらも、当時の貿易都市の実情を考えれば、非常に現実的な問題を取り上げていると言えます。交易に従事する者たちが各国から集まり、平等・公平な立場から様々な商取引を行うことを建前とする以上、婚姻においても人種や宗教の違いが大きな障壁となることは許されません。こうした異人種・異教徒の間での恋愛・婚姻問題は、外国との交易が盛んになり、多くの異国人が貿易港を訪れるようになれば、当然のこととして起こり得る問題でした。劇の中でも、登場人物のひとりラーンスロットがムーア人の娘を孕《はら》ませたことへの言及がなされ、ユダヤ人娘ジェシカは、キリスト教徒ロレンゾと駆け落ちしてしまうように、このことは『ヴェニスの商人』という芝居の提起する重要な問題のひとつです。

実は当時、既に交易都市として発展しつつあったロンドンにおいても、こうした異人種間の婚姻をめぐる様々な問題が持ち上がり、それを公式に容認しようとする動きが出始めていました。一六一四年、東インド会社はスマトラの都市国家の族長アシとイングランドの由緒正しい子女との婚姻を画策しています。両国の身分の高い者同士の結婚は、東インド会社の利益に繋がると考えた商人たちの思惑によるものでした。上層部の商人たちは、英国国教会の神学者たちを招集し、婚姻の妥当性を聖書に照らし合わせて証明させようとまでしていました。最終的に、婚姻は成立しなかったものの、人種・宗教を越えて同じ人間であることを強調するイデオロギーのもと、両者の結婚が話し合われていたことの証左《しょうさ》です。

また、同年にヴァージニア会社が、植民者ジョン・ラルフとポウハタン族の女性ポカホンタスの婚姻を成立させていたことも忘れてはならないでしょう。異人種間結婚は、なにもヴェニスでなくとも、当時のイングランドにおいて充分に起こり得る出来事であったのです。むしろそうした現実があるからこそ、なお一層イングランド人は異教徒・異人種との交流を警戒したのかもしれません。国際貿易都市になろうとするロンドンに暮らすイングランド人の心の内には、異国に対する好奇心や興味とともに、異教への改宗や人種の混合に対する嫌悪や不安が渦巻いていたことが推測できます。

その意味でポーシャの父の遺言は、当時の交易を重視する社会が求めた対等の関係、すなわち人種・宗教の違いを超えた公正・平等の原則に則ったものと思われます。しかしポーシャの心の内は穏やかではありません。箱選びという運命に自分の行く末を託さざるを得ないポーシャは、第一幕における侍女ネリッサとの会話の中で、自らの意思と父の遺言が互いに相容れないことを嘆いています。「生きている娘の意思が、亡くなったお父様の遺言に縛られているのだから。」（第一幕二場二四―二五行）ポーシャの口にする台詞は、ポーシャの内面の葛藤を的確に言い表しています。娘の抱く外国人への嫌悪や怖れと、父の掲げる海外貿易における平等主義は、イングランド人の直面する人種偏見と、公式外交上あるいは貿易上の友好関係という、複雑な問題を暗に示しているように思われます。

更に、ポーシャの思わず口にした台詞が核心を言い当てているかもしれません。「いくら頭が血を抑える掟を作っても、熱い情熱は冷たい理性の命令を乗り越えてしまう。」（第一幕二場一八―一九行）まさに理性では理解しながらも、感情的な反発を覚えずにはいられない葛藤なのでしょう。国際社会での平等は理性的判断としては受け入れられたとしても、異教徒・異人種への偏見はそう簡単に消し去ることはできないに違いありません。相対立する価値観の衝突は、急速に肥大化し、大西洋貿易航路を中心に国際都市へと変貌しようとするイングランドの、そして大都市ロンドンの理想と現実ではなかったかと思われるのです。

モロッコ王子とアラゴン王子

そうした異人種婚への不安を理解した上で、スペインとモロッコの狭間で、複雑な外交状況に置かれたイングランドの実情と共に、ロンドン市民の内面の葛藤を知れば、わざわざシェイクスピアが『ゲスタ・ロマノールム』のエピソードを、芝居の中に組み込んだ理由が分かります。舞台上に展開される箱選びの場面は、当時の社会に鬱積した不満をはらみ、一層熱気を帯びたものとなるからです。舞台上に姿を現したモロッコの王子も、宿敵スペインのアラゴン王子も、イングランド人が最も関心を寄せる異国人の代表であり、この場が大いに観客を沸かせることになったことは容易に想像できます。

まずモロッコの王子が、灼熱のアフリカの地の生まれであることを物語る純白の衣装に身を包み、巨大な半月刀を腰にさげて、舞台に登場します。舞台上に文化的他者の存在が描かれる場合、しばしば異文化の装束や習慣を模倣しつつも、そこには誇張と歪曲が加えられることは当然のことでしょう。

モロッコ　この肌の色で私のことをお嫌いになりませぬように
輝ける太陽に仕えし者に与えられし衣装とお考え下さい
私は、その隣人であり、そこで生まれし者です
太陽神フォイボスの炎をもってしても、氷柱《つらら》を溶かすことがないという
北国生まれの最も肌の色の白き者をここにお連れになるがいい
あなたの愛を競って、血を流し合い、どちらの血潮がより紅いか、
果たして彼のものか私のものか、ここでお見せいたそう
（第二幕一場一―七行）

王子の冒頭の台詞が、太陽神フォイボスへの言及から、その太陽の熱も届かない北国の寒さを「氷柱」の比喩で表現し、更には自らの勇気の象徴としての血潮の紅さを強調するように、彼の台詞にはつねに修辞が駆使されています。そこからは、自らの文化的洗練を誇示しながらも、往々にして大言壮語を重ねたがる王子の性質が窺われます。更に王子は、彼の褐色の面が、「祖国においては誉れ高き乙女たちの心をときめかす」と自らの男性的魅力を誇らしげに語るかと思えば、「ペルシャの皇帝の命、そしてその王子の命までも奪ったこの半月刀にかけて、トルコ王のソリマン陛下の戦において三度までペルシャの大軍を打ち破りしこの刀にかけて」

と自らの勇猛果敢さを訴えます。彼のもってまわった修辞的語りの行間からは、その過剰なまでの自惚れや好戦的な粗暴さが垣間見られるのです。

そうした王子の威勢の良さも、いよいよ箱選びの場となれば、単なる空威張りであったことが露見します。三つの箱を前にして散々迷い、箱に刻まれた銘を何度も読み上げながら自問自答する彼の様子からは、勇猛果敢さを訴えたその台詞とは裏腹に、彼が実は臆病な小心者であることが露呈するのです。逡巡のあげく、再び金の箱の銘を読んだ彼は、怯える自分の心を奮い立たせるかのように、またしても彼特有の大言壮語によって、この挑戦の崇高さを強調します。

これこそ彼女だ。全世界が彼女を求めている。
地の果てより来たりて、この聖なる社に寄り集い、
生ける聖者に口づけせんと願っている
カスピ海の砂漠から、アラビアの荒涼たる荒野から
ポーシャの姿を一目見んと王侯たちが訪れる
野心満々の水しぶきを天にまで吹き上げんとする

水の都も、異国の挑戦者たちの妨げとなることはありえず
誰もが、あたかも小川を跳び渡るかのように、易々と海を越えて、
ポーシャを一目見ようと、この地へとやってくるのだ。　（第二幕七場三八―四七行）

彼の修辞を駆使した大言壮語と彼の本質的な臆病さは滑稽なまでの対比を生み出し、その落差の大きさは観客の失笑をかったに違いありません。それればかりか、続く彼の台詞では、イングランドの金貨への比喩が、そのまま寝室に横たわるポーシャへの連想と繋がります。「イングランドの地には黄金に天使の姿を刻印した硬貨があるが、それは金の表面に彫ったものでしかない。しかしこの中には黄金の臥し所に横たわる本物の天使がおさめられているのだ。」（第二幕七場五五―五九行）実のところモロッコ王子はポーシャを、彼の物質的欲望と性的欲望の対象としか見ていないことが、こうした彼の発言から漏れ聞こえてきます。

ここには当時のイングランド人がモロッコ人に対して抱いていた、血の気の多さや精力絶倫などといった人種的偏見が露骨なまでに見受けられるのです。ソンガイ帝国を侵略し、その地の金鉱山を手にしたモロッコが、劇においては黄金にこだわる亡者として描かれるのも頷《うなず》けます。その意味において、黄金の箱に入っていたむきだしの髑髏《どくろ》と、添えられた「輝くもの必

ずしも黄金ならず」という書き付けは、戦勝で得た豊かな黄金資源に浮き足立つモロッコに対する痛烈な皮肉であったのかもしれません。

他方、モロッコ王子に次いで舞台上に姿を現すアラゴンの王子は、イングランドの宿敵スペインの一王国から箱選びにやって来たという設定です。「われを選ぶ者、万人が求めるものを得ん」と記された黄金の箱に対して、彼は言います。

アラゴン・・・
私は万人が求めるものなど選びはしない
平民どもの好みに迎合したり、
野蛮な大衆どもと同じ基準に自らを置いたりはせぬ。
（第二幕九場三〇―三二行）

彼は敵国スペインの王子であるばかりか、高慢な階級主義者で、自らの抱く優越感から低劣な庶民と同列に置かれることを忌み嫌います。自分とは身分のかけ離れた庶民たちと価値観を共有することなど、我慢がならないと彼が言い放つ時、彼は劇場を埋め尽くした多くの観客を敵にまわすこととなります。ヨーロッパ・キリスト教社会において自国の国力を誇示してやまない、いかにもスペインへのあてつけのような、傲慢な人物描写です。

更にアラゴンの王子は言葉を続け、真の名誉ある者が評価されることなく、いたずらに階級秩序に混乱をきたしている昨今の世の中を嘆きます。「真の価値のない者が、運命の女神を欺き、栄誉に輝くということがあってよいものか……。清らかな名誉がそれを身につける者の真価によって得られるものであればよいのに！」（第二幕九場三六―四二行）しかし自らの高慢さゆえに、自分自身が価値ある者であると信じて疑わないところは、まさに滑稽ですらあります。自分もまた名誉にふさわしくない存在であるということには思い至らず、自らとうとうと述べた悲観のため息の内にある自己矛盾に、王子は全く気づくことはありません。結局、世の中で、自分は最高の人間であり、自分以上に価値のある人間は存在しないのだとの思い上がりと自己愛が、彼に「われを選ぶ者、おのれに相応しきものを得ん」との銘をふされた銀の箱を選ばせることとなるのです。やがて箱の中に阿呆《あほう》の絵を見いだしたアラゴン王子の姿に劇場の観客は大喜びし、庶民を侮蔑することしか知らない特権階級をやりこめ、宿敵スペインに一泡吹かせてやることができたという、えも言えぬ快感を味わうこととなるのです。

空想の世界での勝利

モロッコからイングランドへの主な交易品は金と砂糖で、なかでも金は最大の輸出品でした。他方、スペインは既に新大陸における植民政策に着手しており、南アメリカで原住民による銀鉱山の開発に取り組んでいました。一五九〇年におけるイングランドの置かれた国際情勢を念頭におくなら、金、銀、鉛の箱選びに、モロッコの王子とスペインのアラゴンの王子が登場することも頷けます。金の輸出国であるモロッコの王子が金の箱を選び、銀の輸出国であるスペインのアラゴン王子が銀の箱を選ぶのは、当時の観客にとってはごく自然な展開なのです。

更に、当時のイングランド人にしてみれば、モロッコ人との通商は、外交政策という理屈の上では納得できたとしても、彼らは肌の色の違う異教徒に他ならず、感情面では、人種的・宗教的偏見を抱かずにはおれない存在であったはずです。またアラゴン王子にいたっては、敵対するスペインの代表です。劇が執筆されたと考えられている一五九〇年代後半には、再びスペインが来襲するとの噂が巷《ちまた》に流れ、人々は心中穏やかではいられませんでした。そうした不安を一掃するためにも、大国スペインに一泡吹かせてやることを観客は期待していたのでしょう。観客たちは、舞台上に登場したモロッコの王子やアラゴンの王子の、それぞれの国民性を揶揄《やゆ》するような誇張された演技に大喜びし、モロッコやスペインが箱選びに失敗する様に拍手喝采したのかもしれません。

現実には、複雑な国際情勢の中で、イングランドが両国の優位に立つことは容易なことではありません。しかし、せめて空想の世界においてライバル国をやり込めたような気になって、観客たちは一時的にしろ高揚感を味わえたのでしょう。シェイクスピアは、『ゲスタ・ロマノールム』に収録された箱選びのエピソードを利用して、当時の国際関係を皮肉りながら、国民の内なる不安や憤懣《ふんまん》を浄化することをねらったのだと思われます。作品の創作された時代を知っておくことも、作品理解には重要です。

四　キリスト教徒とユダヤ人

イングランドとユダヤ人

さて、それでは劇におけるユダヤ人シャイロックの存在はどうでしょうか。

一六世紀のイングランドにユダヤ人は存在しませんでした。中世の時代からユダヤ人は国外退去を命ぜられ、イングランドを追われました。更に一五世紀後半になると、彼らはフランスやスペインからも追放されることとなります。追放されたユダヤ人たちは、ポルトガルやヴェニスのような、比較的に外国人に寛容であった交易都市を目指すか、イスラム教世界へと逃れました。モロッコも彼らが目指した地のひとつです。やがて金融や会計業務に長けていた彼らは、各地に散らばったユダヤ系民族の同胞たちとネットワークを形成することによって、国際貿易に大きな力を発揮するようになります。

モロッコ産の砂糖や小麦は、ユダヤ人の仲買の手によってスペインやポルトガルに輸出されました。ローマ法王は、イスラム教徒に武器を売ることを禁止していましたが、ユダヤ人たちはプロテスタント国からの武器輸入の手助けもしました。ユダヤ人たちは会計業務にも長けていたことから、国王アル＝マンスール自身が、ヤコブ・ラッティという名のユダヤ人を金融相談役として側に置いていたことも知られています。商取引ばかりか、ユダヤ人たちはモロッコの外交においても、大きな貢献を果たしました。もともとユダヤ人の中には、スペインのカスティーリャやアラゴンの宮廷に秘書として、あるいは財務担当者として仕えた経験を持つ者たちがおり、そうしたことからヨーロッパの宮廷における慣習やしきたりに通じていたことも、彼らがモロッコの外交において活躍できた一因です。イスラム教国であるモロッコにとって、キリスト教国の王室の内情に通じたユダヤ人たちは貴重な存在に他なりません。更に、彼らがカスティーリャ語を使えたことも、外交・交易上において大きな利点でした。両者のコミュニケーションを成立させるうえで、アラビア語とヨーロッパ言語の仲介者の存在はなくてはならないものであったからです。

このようにモロッコにおけるユダヤ人は、イスラム教世界とキリスト教世界を繫ぐ仲介として、通訳として、更には会計責任者として、陰の存在ではありながら必要不可欠な役割を演じていたのです。モロッコの港湾への船の出入りから、王室税関の監督、物資運搬のためのラクダの手配、そして砂糖工場の管理や軍需品の輸入に至るまで、あらゆることがユダヤ人の管理・管轄のもとで行われていました。そればかりかモロッコのイスラム教徒の間では禁じられていた金貸しの業務も、彼らユダヤ人には許されていたのです。イングランド人は、アル＝マンスールとの外交交渉に際して、またモロッコとの商取引において、まさにユダヤ人との接触を避けて通ることはできなかったはずです。

しかし、イングランド人の商人にとって、ユダヤ人は彼らにはなくてはならない存在ではあるものの、同時に自分たちの前に立ちはだかることにより、時に自分たちを出し抜き、自分たちの利益をかすめ取ろうとする、油断のならない存在であったのかもしれません。モロッコとの商取引が盛んになるにつれて、こうしたユダヤ人のことは当然のこととして本国にも伝わっていたはずであり、イングランドにユダヤ人が存在しなかったことは事実であるとしても、ロンドンの人々がユダヤ人に対して抱く敵対心を軽視することはできなかったはずです。

実は、アル＝マンスールのユダヤ人に対する対応は、間接的にイタリアにも影響を及ぼしたと思われます。一五九〇年代にイタリア・トスカナ地方の大公フェルディナンド一世は、外国商人たちに経済的な特権を付与することで、自国への定住を奨励しています。大公は更に、一五九三年には、交易拡大のためにユダヤ人へ特権を与え、都市に住み商売に従事することを許可しました。当然のことながら、この特権を享受しようと、大公の所領には多くのユダヤ人たちが移住してくることとなりました。おそらく大公は、モロッコの繁栄を耳にしており、それを範として自分自身のユダヤ人政策を転換したのかもしれません。

イタリアにおけるこうした動きは、当然ロンドンにも伝えられ、たちまちロンドン商人たちの間で話題になったでしょう。モロッコにおけるユダヤ人の存在をかねがね聞き及んでいたシェイクスピアが、イタリアでの新しい動きを聞きつけ、彼の劇の舞台を建前上ヴェニスと想定したことも考えられなくはありません。たとえ劇の舞台はヴェニスであったとしても、ロンドンの観客にとってモロッコ王子やスペインのアラゴン王子、そしてユダヤ人シャイロックの登場する芝居は、まさに自分たちの身近な現実世界の写し画のように思われたに違いないのです。

シャイロックの主張

国際貿易都市の名声は、すべての異邦人を同国人と対等と見なし、あらゆる商取引や契約における平等を保証することによって成立しています。ユダヤ人シャイロックの申し立ての矢面に立たされて、アントーニオはヴェニスの大公も手の施しようがないことを語っています。

アントーニオ　大公といえども法を曲げるわけにはいかない、
というのもヴェニスでは異邦人たちも我々と同じ権利を与えられている、
仮にそれが否定されるようなことがあれば、この国の
正義そのものに疑問が投げかけられることとなるだろう
この国の商業とそこから得られる利益は
すべての国々によって支えられているものなのだから
（第三幕三場二六―三一行）

国際都市ヴェニスの法体系も、言い換えるなら貿易国イングランドの法体系も、国際社会における対等・平等の理念を何より尊重することが必要でしょう。そして理念として対等・平等の文言を掲げる以上、異邦人たちの人種や宗教による違いを問うてはならないはずです。

この点において脇筋の箱選びの主題は、主筋の人肉裁判の主題と見事に呼応します。箱選びに際してモロッコの王子は、自分を肌の色で判断してくれるなとポーシャに訴えていたように、

シャイロックもまたユダヤ教徒とキリスト教徒も、ともに同じ人間であることを強調するのです。

シャイロック・・・俺はユダヤ人だ。ユダヤ人には目がないとでも。ユダヤ人には手も、内蔵も、四肢五体も、感覚も、激情もないと言うのか。同じものを食べ、同じ刃物で傷つき、同じ病で苦しみ、同じ薬で癒されるじゃあないか。夏は暑いと感じず、冬は寒いと思わないとでも言うのか。キリスト教徒と同じじゃあないか。（三幕一場五八―六四行）

箱選びに描かれた平等主義は、脇筋エピソードを超えて、本筋におけるシャイロックの台詞とも共鳴し、互いに相乗効果をもたらすよう工夫されています。しかし箱選びの挑戦者モロッコ王子やアラゴン王子が、やや誇張され戯画化されて描かれているのに対し、シェイクスピアの描くユダヤ人ははるかに生々しい人物造形です。

シャイロック・・・もしあんたらキリスト教徒が、私らユダヤ人を虐待するなら、俺たちが復讐しないとでも？　俺たちが他の点でもあんたたちと同じなら、その点についても同じさ。もしユダヤ人がキリスト教徒を虐待したら、キリスト教徒は受けた辱めに対してどうすると思う？　復讐だろ！　もしキリスト教徒がユダヤ人を虐待したら、ユダヤ人はキリスト教徒の範に倣って忍従するとでも？　そりゃあ復讐するさ！　あんたたちが俺たちに教えてくれた非道さを、俺もやってやるさ。なかなかたいへんだが、教えられた通りしっかりやってやるさ。

（第三幕一場六〇―六六行）

ユダヤ人もキリスト教徒と同じく、人間であることに変わりはないとするシャイロックの台詞は、観客の心の奥に潜む矛盾を言い当てています。それればかりか彼の台詞に誘導され、観客たちは、はじめてユダヤ人シャイロックの立場から見たキリスト教徒による差別を思い知らされることとなるのです。異人種・異教徒とて同じ人間である以上、そこには自ら受けた侮辱・屈辱に憤りを覚え、相手に対する復讐心を抱くのは当然のことでしょう。モロッコ王子やアラゴン王子を通して、戯画化された異邦人の姿を客観的に笑い飛ばしていた観客たちも、差別される者の立場からキリスト教徒の仕打ちを、自らの心情として経験することとなるのです。

キリスト教徒たちとやりあうシャイロックは実に雄弁です。窮地に立たされたアントーニオに対する慈悲を説くキリスト教徒たちを敵にまわして、たったひとりで己の主張の正当性を訴えます。そして彼の反論は、単に異人種や異教徒に対する差別・偏見を超えて、当時の社会の抱える矛盾までも言い当てるのです。

シャイロック・・・皆様がた、金で買った奴隷をおかかえですな。奴隷たちに、まるでロバやイヌやラバのように、卑しい、下働きをさせておられる、それは金でもってお買いになったものですからな。では言わせていただきますが、「彼らを奴隷の身分から解き放っておやんなさいまし、皆さんのお子様たちと結婚させておやんなさいましよ。なぜ重い荷物を運ばせて、汗水たらす仕事をさせておられるのです？　彼らの寝床を皆さんがたの寝床のように柔らかくしておやんなさいませな、食うもんにしたって、皆さんがたが召し上がるような御馳走を食べさせておやりになったらどうなんです？」このように申せば、きっと皆さんお答えになりますでしょうな。「奴隷たちは、おれたちが金を出して買ったものだ。」

俺の要求している肉一ポンドも、金を出し私が買ったものだ。俺様のものであり、俺はそれをいただこうとしている。もしそれをならんとおっしゃるなら、ヴェニスの法律なんざ、糞くらえだ。ヴェニスの法律にそのような権限はないはず。俺は正当な権利を申し立ててるんだ。

（第四幕一場八九―一〇二行）

慈悲を求めるキリスト教徒たちに、シャイロックはすべての品物を金銭で売買する社会の仕組みを訴えます。人間もまた他の品物同様、金を出せば奴隷として買い取ることができることは、キリスト教徒たちもよく承知しているはずです。物を売り買いするという経済行為は、人間社会の隅々にまで行き渡り、すべての物は金銭に置き換えることができるのです。そして国際貿易都市の法律は、正当な経済行為であれば、それを保証するものであり、シャイロックの言い分は至極当然のことです。対するキリスト教徒はただ激高するあまり、「いまいましい、呪われた、のら犬」（第四幕一場一二七行）とユダヤ人に罵声を浴びせることはできても、到底シャイロックを論駁《ろんばく》することはできません。逆にシャイロックから「証文の文字が消せるまで大声出して、おまえさんの肺をせいぜい痛めつけるがいいや、もうちょっと利口になんな、お若いの」（第四幕一場一三八―四〇行）とやりこめられてしまいます。契約という経済行為の前に、人間的な情は全くの無力なのです。

当時の観客たちは、海外貿易で奴隷たちが売買される事実を知っています。そしてキリスト教世界で異教徒が奴隷にされたのと同じく、イスラム世界では多くのキリスト教徒が奴隷とされた事実も聞き及んでいたはずです。シャイロックの語るとおり、経済行為を基盤に据えた国際貿易都市では、対等・平等という理念とともに、すべては金銭によってかたがつくという非情な現実が横たわっているのです。

箱選びに際してモロッコ王子やアラゴン王子の敗北に快感を覚えた観客たちは、更に強大な相手が、しかも論駁することもかなわない敵が、自分たちの前に立ちはだかったことに気づかされます。その敵は、国際貿易都市における対等・平等の理念を訴えるばかりでなく、観客自身が胸に抱く差別意識の核心部分に、鋭敏な言葉の刃を突き立ててくるのです。まさにシャイロックの雄弁さは、差別する側と差別される側の立場を見事に逆転させて、観客たち自身にユダヤ人の目を通してキリスト教社会を眺めることを強制するのです。そればかりかユダヤ人のとうとうとした語りによって観客たちは、交易という経済行為において、あらゆるものが金銭によって売買可能であるという現実をいま一度突きつけられます。そこでは表面的には友愛をうたいながらも、実態としては経済行為に突き動かされるキリスト教社会の倫理上の矛盾もまた白日のもとにさらされ、経済至上主義の冷酷な現実を改めて思い知らされることとなるのです。

演劇作品は、単に歴史を映し出しているのではなく、歴史の中に存在する様々な声を内包しています。それらの声は、時にポーシャの呟きとなって、あるいはシャイロックの叫びとなって、作品の中で互いにせめぎ合い、衝突します。作品は当時の人々の心の奥底に展開される、こうした複雑な葛藤を見事に描き出しているのです。

結末における満足感

シャイロックの雄弁さには、何者もかなわないとすら思えたところで、いよいよポーシャ扮《ふん》する若き法学者バルタザーの登場となります。バルタザーは、「地上の権力は、慈悲によって正義の刃が和らげられる時、神の御力にもっとも近きものとなる」（第四幕一場一九二―九三行）と神の慈愛を説き、なんとかユダヤ人の考えを改めさせようとするものの、シャイロックの頑なな決意を変えさせることはできません。かたや法の執行中止を求めるキリスト教徒たちの嘆願に、何人たりともヴェニスの法を曲げることはできない、とバルタザーは断言するのです。

いよいよユダヤ人が、アントーニオの胸に刃をあてようとした瞬間に、バルタザーは、証文の文言を逆手に取って、ユダヤ人の主張を見事に論破してみせます。「証文どおり、お前の主張する肉一ポンドを取るが良い、ただし切り取る際に、一滴たりともキリスト教徒の血を流すことがあれば、お前の土地と財産はヴェニスの法により、ヴェニスの国家に没収されることとなる。」（第四幕一場三〇八―一一行）たたみかけるようにユダヤ人を窮地に追い込むバルタザーの雄弁は、いままで観客の内にあった鬱屈した思いを一気に晴らし、観客は歓喜の渦に取り込まれることとなります。彼らは、憎きユダヤ人が追い込まれていく様子に拍手喝采し、シャイロックの悲鳴に大きな満足を覚えるのです。

この時、観客の内にあった異教徒への反発と反感は見事に浄化され、ユダヤ人に対する勝利の陶酔のなかで、観客の内に秘められた不安や恐怖は雲散霧消《うんさんむしょう》します。同時に、神の慈悲を説くキリスト教信者としての誇りと自負を改めて意識することによって、異教徒に対する大きな優越感を味わうこととなるのです。異教徒の敗北とそれに対するキリスト教徒の勝利は、観客たちの内にあるキリスト教徒としての自己認識を確立するばかりか、それを一層強固なものにしてくれたはずです。

箱選びの場の後、舞台上に展開されるシャイロックの敗北は、法の下での平等を守りながら、イングランドの敵対する異国人を打ち負かしたいという観客の胸の内にある願望を、主筋と脇筋の両方で実現するものです。こうした結末は、モロッコやスペイン、更にはイスラム教国との交易に介在するユダヤ人など、イングランドが優位に立つことの難しい諸外国の脅威を、演劇という空想世界において打倒し、そこにイングランド人の請い願う理想的解決を夢見たものなのです。現実には解消不可能な自己矛盾に対する、ある種の代償行為であったと言えるでしょう。

五　経済の発達による社会の変化

キリスト教徒と利子

『ヴェニスの商人』の劇世界においてアントーニオは、キリスト教徒として同胞に金銭を融通しても利子を取ることはしません。他方、高利貸しシャイロックにしてみれば、アントーニオは偽善者面《ぎぜんしゃづら》をして無利子で資金を融通することから、利子を取り立てるのを当然のこととする自分の商売の邪魔をする人物となっています。アントーニオは、聖書の教えに基づき、寛容さ、友愛、自己犠牲などの体現者となり、シャイロックは、貪欲、憎悪、そして利己主義を体現する異教徒を象徴するように見えます。

旧くからキリスト教徒にとって貪欲は大きな罪と見なされてきました。一三世紀の哲学者トマス・アキナスは、「貪欲こそは、木全体を支える根のように、全ての罪の根であると言わねばならない」との教えを記しています。(7) またダンテの描いた『地獄』に描かれた二〇の罪のうち少なくとも一〇は、富を求める人間の抱く醜い欲望にまつわるものでした。(8) 何物にも代え難い神の恩寵を忘れ、はかないこの世の物質を追い求めることは、まさにキリスト教信仰を放棄することに他ならなかったのです。

しかし、キリスト教徒たちが貪欲の罪を執拗に断罪した背景には、市場経済の発展が挙げられます。金銭による売買や契約という経済行為が、社会全体を蝕み始めていました。キリスト教的倫理観を見失いつつある社会の中で、人々は戸惑いや不安を覚えたことでしょう。そうした不安を解消するためにも、神学者たちは貪欲を厳しく諌めることに使命感を見出したのかもしれません。この世の物質的な価値に対抗して、神の啓示による聖なる価値の重要性を、彼らは繰り返し訴える必要があったのでしょう。

ここからは様々な疑問が生じます。果たしてキリスト教徒は、市場経済に背を向け、清貧を良しとして生きるべきなのか。富を追求することはすべて罪なのか。経済行為を営み、富を増やしながら、キリスト教信仰を持ち続けることは不可能なのか。移り変わる社会の中で、キリスト教徒であることの意味が、いま一度問いかけられ始めていたと言えるでしょう。

劇の中の対立を生み出しているのは、友愛を重んじるキリスト教徒アントーニオと異端者であるユダヤ人金貸しシャイロックであることは誰の目にも明らかです。しかし一六世紀後半のイングランドの経済の実態を調べてみると、ことはそれほど単純ではないことが分かります。批評家クレイグ・マルドルーは一六世紀の社会における「信用（credit）」を担保とした取引の重要性を指摘しています。社会に流通する金や銀の不足から貨幣による商取引には限界があり、その分を人々は個人の信頼性、すなわち「信用」に重きをおいて契約を結んだというのです。したがって、この「信用」は個人の社会生活において、とりわけ重要な意味を持っていました。アントーニオが金銭を融通する際にも、相手に対する「信用」が大きな意味を持っていたことは理解できます。しかしこれは比較的狭い人間関係の中では可能であったとしても、国際交易のように多くの外国人が参入するような商取引には向きません。そこにユダヤ人シャイロックのような高利貸しの存在が必要となってくるわけです。地中海や大西洋における海上貿易が盛んになり、多くの国々が交易に参加するなかで、国内外の市場競争は激しさを増していました。経済の発展に応じて、たとえキリスト教徒であっても資金を融通し、それによって利息を稼ぐことが、ある程度、必要悪と見なされる社会的風潮が生まれつつあったことは否めません。

一五七二年にイングランドで、トマス・ウィルソンという議員が『高利貸しについての論考』という書物を出版し、金銭を貸し付け、利子を取ることを非難しています。(9) ウィルソンの書は、利子を取ることを当然であると考えるような世相に対する批判であり、高利貸しを是認するような経済動向への反発でした。彼の主張は多くの人々の関心を集めましたが、現実的な経済動向に歯止めをかけることはできず、ほぼ時期を同じくして、議会は金銭の貸借において最大一〇％までの利子を取ることを承認する、という法律を通過させています。

また、当時の一流の知識人として名を馳せたフランシス・ベーコンも、一五九七年に出版された自著『随筆集』のなかで、時代の経済情勢をみるなら、金銭の貸借に関して利子を取ることは避けられないことを認め、活発な経済活動に支障をきたさない現実的な利率を割り出そうとしています。(10) このように時代は、様々な議論をふまえながら、たとえキリスト教徒であったとしても、金銭の貸借の際に利子を取ることを容認するという経済合理主義へ、徐々に押し流されつつあったと言えるのです。

シェイクスピアは、こうした時代の空気を捉えながら、『ヴェニスの商人』の執筆に手を染めています。一見、キリスト教徒と異教徒ユダヤ人の対立に見える両者の敵対関係は、大きな経済の潮流における新旧の倫理観の衝突を描いていることが分かります。裁判の場で、シャイロックを諭してポーシャが口にする台詞はまさに、経済主導の倫理観に否応なく巻き込まれ、ともすれば友愛や自己犠牲の精神を忘れ、己の貪欲や利己主義に走ろうとする多くのキリスト教徒イングランド人に向けて放たれたものなのかもしれません。

第四幕一場の法廷の場において、ポーシャは法の正義とともに、それを施行する際の慈悲の大切さを語ります。初期資本主義経済活動の動向のなかで、証文に書かれた文言を法的正義の名のもとに履行しようとするシャイロックに向けられたポーシャの諭しのことばは、聖書の教えを忘れ、ともすれば利益追求を重んずるようになった当時の人々に、感銘をもって受け止められたはずです。ユダヤ人の金貸しというのは、舞台に登場する貪欲な人物の類型に過ぎませんが、実はその背後に経済的価値観を優先するようになったキリスト教徒自身の姿が見え隠れしているのかもしれません。このように考えると、裁判の場において、ポーシャがアントーニオとシャイロックを見分けられず、「ところで、どちらが商人で、どちらがユダヤ人だったかな」（第四幕一場一六九行）という台詞が、皮肉に満ちた、とても意味深いものとして観客の耳に響くのではないでしょうか。実は、金貸しであるユダヤ人に対する反発は、キリスト教徒自身の、すなわち自分たち自身の内なる欲望への嫌悪感であったとも言えるからです。

シェイクスピアは、作品を書くうえで様々な素材を組み合わせています。しかし材源とシェイクスピア作品の類似性を指摘しただけでは、作品分析としては不充分です。シェイクスピアが材源とした物語を精査し、その上でシェイクスピアの行った改変にどのような意味が込められているのかを探ることが大切です。その際に作品が執筆された時代を知っておくことは重要でしょう。シェイクスピア作品は舞台にかけられた演劇であることから、劇場を埋め尽くした観客の関心や嗜好に配慮して、創作されています。シェイクスピア劇が圧倒的な人気を誇ったのは、その作品が観客の内面の不安や葛藤を見事に捉えていたからです。

だからと言って、劇が単純に時代を映し出していると考えてしまうことは間違っています。むしろ時代を映し出すというような受身的な姿勢ではなく、劇はそれぞれの時代に生きる人間の精神的葛藤をあぶり出し、そこに見られる相矛盾する意見の衝突を描くことによって、時代の精神性そのものを形作っていると言えるでしょう。この意味で作品は歴史の反映ではなく、むしろ歴史の精神性の形成に参加していると言えます。

『ヴェニスの商人』の中に描き出された、カトリック・キリスト教国やイスラム教国との駆け引き、更にはグローバル交易における平等主義などの問題は、この時代の歴史を物語る重要な証言に他なりません。人々の心を支配しつつある経済の隆盛により、人間の倫理観が大きく揺さぶられながらも、時代の潮流に呑み込まれていく様を、作品が的確に描く様子は、この時代の時代精神を見事に物語っています。まさに、そうした問題と対峙した人間が、自分自身の内面を見つめ、いかにしてその問題に対処し、自らの葛藤を乗り越えようとしたのかを考察する時こそ、作品の持つ文学性が立ち現れてくる瞬間だと言えるでしょう。

注

（1）西尾哲夫『ヴェニスの商人の異人論—人肉一ポンドと他者認識の民族学』東京、みすず書房、二〇一三年。

（2）**Giovanni Boccacio**（1313-1375）イタリアの詩人、物語作者。ラテン語と俗語（発生期のイタリア文章語の）の双方を駆使して、膨大な作品群を書き残した。

（3）**Giovanni Fiorentino** 一四世紀末に活躍したイタリアの物語作者。『イル・ペコローネ』は、愛し合う司祭と修道女が僧院の談話室において、二十五日間、それぞれ一話ずつを語り合うという枠組みで展開する。

（4）中世ラテン語で書かれた説話集。一四世紀前半頃から、古代の聖譚《せいたん》や逸話が集められ、約二四〇の物語を含む説話集となった。いかなる目的で、誰によって集められたのかは不明。

（5）William Shakespeare, *The Merchant of Venice* in *The Riverside Shakespeare*, 2nd ed., ed. G Blakemore Evans（Boston: Houghton Mifflin Company, 1997）292. 以降、シェイクスピアの *The Merchant of Venice* からの引用はすべてこの版をもとに訳出したものとし、幕、場、行数のみ

を示すこととする。

（6）Mulay Ahmad al-Mansur（1549-1603）サアド朝第六代スルタン。在位は一五七八年から。

（7）Thomas Aquinas（1225-1274）中世イタリアの神学者、哲学者。スコラ哲学の代表的哲学者。

（8）Dante Alighieri（1265-1321）イタリアの詩人、哲学者、政治家。『神曲』の著者。

（9）Thomas Wilson（1524-1581）エリザベス朝の外交官、裁判官、枢密顧問官。一五七七年から一五八一年にかけては、エリザベス女王の国務大臣も務めた。

（10）Francis Bacon（1561-1626）英国の貴族で、哲学者、神学者、法学者。

この小論は、拙著『シェイクスピアと異教国への旅』の第一章「地の果てからの来訪者――『ヴェニスの商人』とモロッコ」をもとに、その一部を要約し、加筆したものである。

『源氏物語』私の読み方の場合

廣田　收

はじめに

紫式部は、『源氏物語』を書いたことで有名ですが、日記や家集も残しています。『紫式部日記』は、紫式部が女房として出仕した中宮彰子《しょうし》が一条天皇の皇子を出産した記録です。これは、中宮の父藤原道長から執筆を要請されたものと考えられます。一方、『紫式部集』は、晩年になって半生の和歌を自ら編集した個人歌集です。この日記と家集とは、それぞれ作品として独自の世界を持っています。三者は制作された目的が違いますけれども、深いところでつながりがあります。その検討はなかなか興味深いところですが、別の機会に譲りたいと思います。

ともかく『源氏物語』は大変長い物語ですから、通説のように三部から構成されていると考えて、まずあらすじを紹介し、それぞれどのように読めるのか、紹介してみましょう。

一　第一部　若き日の光源氏物語

一般には、冒頭の桐壺巻から藤裏葉巻までが第一部、若菜上巻から御法・幻巻までが第二部、竹河三帖をはさんで橋姫巻から最後の夢浮橋までが第三部と呼ばれています。

まず、第一部の概要は次のとおりです。

どの天皇の御代だったか、身分としては決して高くなかったが、天皇の寵愛《ちょうあい》を一身に受けた女性がいた。この更衣は、光る男御子《みこ》を産んだ。これがこの物語第一部の主人公である。重要なことは、この皇子が第二番目の御子であったことである。第一の皇子は弘徽殿女御腹の御子であり、すでに皇太子候補であった。

さて、帝から過分の処遇を受けた更衣は、他の后たちから嫉妬され、さまざまの嫌がらせを受けた。

ある夏、更衣は急逝してしまう。兄宮（皇太子）と光る君との間に、皇位継承争いの起こることを恐れた桐壺帝は、光る君を臣下に落して源氏姓を賜った。一方、最愛の后を失った桐壺帝は、先帝の四宮を后として迎える。これが藤壺である。光源氏は、元服の夜、左大臣の娘葵上を正妻として結婚する。ところが並行して光源氏は、亡き母に似た藤壺を慕い続け、母桐壺更衣の里殿で、帝の意向によって改築された私邸二条院に、理想的な人を迎えたいと願っていた（桐壺巻）。

春、病《やまい》の治療のために訪れた北山で、光源氏は垣間見《かいまみ》した少女が、そのころ想いを寄せる藤壺に似ていることに気付き、略奪*して二条院に迎える。藤壺から若紫へ、似ている女性の系譜が「紫のゆかり」である。一方、光源氏は藤壺に迫り思いを果たすが、やがて藤壺は若宮を産む。これが後の冷泉帝である（若紫巻～紅葉賀巻）。

父桐壺帝が退位し、代わって兄朱雀帝が即位すると、光源氏を取り巻く政治的状況は一変する。故東宮妃であった六条御息所が、物怪《もののけ》となって光源氏の正妻葵上の命を奪う（葵巻）。光源氏に疎《うと》まれた六条御息所は、娘の斎宮《さいくう》に付き添い伊勢に下る。その後、弘徽殿方が東宮妃として予定していた朧月夜と密会していたところを、右大臣によって暴《あば》かれた光源氏は、政治的な謀略を恐れて須磨に退去し隠棲《いんせい》する（賢木巻～須磨巻）。須磨における禊《みそぎ》・祓を機に、光源氏は住吉神の加護を受けることになる。光源氏は、長きにわたり住吉神を信仰していた明石入道に迎えられ、娘明石君と出会い、姫君をもうける。この姫君が後の明石中宮である。都では、光源氏の不当な待遇を諭《さと》すべく都に天変地異が起こり、帝は目を患《わずら》う。やがて光源氏は都に呼び戻される（須磨巻～明石巻）。後に、紫上は明石姫君を養女として迎える（松風巻）。

やがて朱雀帝は退位し、冷泉帝が即位する。都に帰還して後、光源氏は大臣に昇進し、一気に栄華への道を歩む。一方、藤壺は他界する。六条院を建造した光源氏は、四季を四方に配置した邸宅にそれぞれ、最愛の妻紫上（春町）、家政組織の代表者である花散里

（夏町）、冷泉帝の后で六条御息所の娘秋好中宮（秋町）、明石君と後の今上帝の中宮となる姫君（後の明石中宮）（冬町）の四人を四つの町の女主《あるじ》として迎える（澪標巻〜少女巻）。この六条院は、いわゆるハーレムではない。最愛の紫上と二人の中宮を中心とすることで、光源氏の存在全体を象徴する小宇宙である。やがて、光源氏は、（架空の）准太上《だじょう》天皇という称号を賜ると同時に、六条院へ兄朱雀院の御幸、秘密の子冷泉帝の行幸を同時に実現する。かくて光源氏は、臣下として最高のこれ以上ない栄華を実現した（藤裏葉巻）。

二　光源氏とは何か

光源氏という主人公は、いつも女性のことが忘れられず、不倫などおかまいなしで、近親相姦を犯したのだなどと批評されることがありますが、それは必ずしも学的な読み方ではありません。というよりも、読み方が強引すぎます。厳密に申しますと、光源氏の藤壺への犯しの深層に近親相姦を潜ませているというべきでしょう。よく耳にする読み方として、光源氏は亡き母親の面影を慕い、人々から似ていると噂される藤壺に想いを寄せ、ついに過ちを犯してしまうのだ、と解釈されることがあります。

ただ、この物語は、そう単純ではありません。

繰り返しますが、父帝は、光る君が生まれながらにしてあまりにも優れているがゆえに、光る君と兄宮との皇位継承争い（例えば、壬申の乱のような内乱）の起きることを恐れます。そこで、帝は、高麗《こま》国の相人の予言や倭相《やまとそう》を参考にしながら、危機を回避すべく光る君を臣下に落として源氏姓を与えます。このとき、光る君は父帝によって、帝位に即《つ》くことを断念させられたのです。

つまり、即位の可能性はありながら光源氏の運命は帝位から遠ざけられた、といえます。后を犯すことも畏れおおいことですが、物語としては、后に皇子を産ませることに意味があり、さらにその子があろうことか即位することが必要なのです。いわば光源氏は、后を過《あやま》つことを起点として、それからの人生において、自らの運命に復讐したといえます[1]。

ここでいう「復讐」とは、実現できない、失われた人生を別の方法で取り戻そうとした、という意味です。他の誰かに対してという意味ではなく、自分の運命に復讐するためには、后を過つ以外に方法がなかった、というべきだと思います。言い方を変えれば、光源氏は光る君という、持って生まれた本来的な存在の自己同一性（identity）を回復しようとしているともいえます。

桐壺巻において、光源氏と藤壺とは「光る君」「輝く日の宮」と並び称されます。ここで、光源氏の本質は、「光る」存在でありながら、この世の秩序の中では、臣下としての源氏だということにあります。「源氏」は姓名の姓にあたります。「光る」は名前ではなくて、褒《ほ》め讃えた言葉、すなわち讃称です。光輝く源氏の某《なにがし》さん、ということです。

光源氏はなぜか生まれながらにして美貌と、和歌や漢詩、音楽など、さまざまな美質と才能に溢《あふ》れています。つまり「光る」とは、地上の存在ではないことの徴《しる》し（mark）です。光る君は、もともとこの世の秩序や制度には収まりきらない存在として、地上の社会の中に置かれたのです。

光源氏論は、『源氏物語』を研究しようとして、誰でも一度は書いてみたいと思う魅力的なテーマですが、なかなか難しいものです。

その中で、文学的な読みとして、私の注目している論考があります。高橋文二氏は、光源氏の「無類の美しさと才能」は「古物語的な表現世界に響きあう」と言われます。そして光源氏は「帝以上の霊力（オーラ）をもった存在」だと言われるのです。そして、「記紀の記す帝（天皇）や皇子の事蹟や行状と光源氏のそれとが決定的に違っていることがある」と言われます。すなわち、光源氏は、天皇の持つ「恋愛的な力と武断的な力」のうち、光源氏像は「武断的な力」を持たないが「色好み的なもの」を承け継いでおり「歌的な世界にふかく関わっている」と述べておられます。(2) つまり、このような世界が光源氏の「基層」にあるとされるのです。

光源氏を、日本の物語の伝統からみると、どんなことがいえるのかというと、すでに御気付きかもしれませんが、この物語の仕組みは、「かぐや姫」の物語と似ていると思いませんか。似ているとは、北山で若紫を光源氏が発見することと、竹取翁がかぐや姫を発見するという設定の類似だけではありません。光源氏その人は、あたかもかぐや姫その人と同じ属性を持っています。光輝く少女は竹取の翁に迎え取られることによって、翁と嫗《おうな》の娘として家族の一員となり、「なよ竹のかぐや姫」という名を与えられることによって古代律令社会の戸籍に編入されます。そして成人式を終えるとすぐ、貴公子の求婚にさらされます。かぐや姫は、社会的な成員としてこの社会に組み込まれたのです。ところが、かぐや姫は、もともと地上の存在である貴公子などの妻として遇されることはありえなかったのです。かぐや姫はついにこの世になじむことはありえませんでした。光輝くことにおいて、どこまでも彼女は天上の存在だったということができます。

つまり、光源氏もかぐや姫も、光輝く存在でありつつ、否応《いやおう》なく現実の世に組み込まれ翻弄《ほんろう》されながら、自らの本性を取り戻そうとします。これが、二つの物語を貫く話型《わけい》です。高貴なる存在が、地上の秩序に縛られ虐《しいた》げられながら、存在の聖性を顕現させる、これが二つの物語に共有されているといえます。

ちなみに、私のいう「話型」は、グリムのメルヘンなどの昔話研究にいう、先験的なタイプ(type)という意味とは違います。

私の考える話型とは、テキストを支える枠組み*(scheme)のことです。枠組みとしか言いようのないものです。物語でも説話でも、並行するテキストがあれば、そこには共有される枠組みとして話型が介在しているということを学的に取り出すことができます。

三 光源氏物語の材源は何か

ところで、国文学では、あまり材源という用語は使いません。国文学では出典《しゅってん》とか、典拠《てんきょ》という語をよく使いますから、材源という用語は新鮮に感じます。

ともあれ、『源氏物語』は大きなテキストですから、細部に限ってたとえ材源についていくら論じたとしても、なかなか全体を見通すことができません。

ところで、南北朝時代の注釈書である『河海抄《かかいしょう》』が提起して以来のことなのですが、『源氏物語』は紫式部の生きた時代(西暦一〇〇〇年前後)よりも少し前の時代、醍醐天皇の代を準《じゅん》拠《きょ》としているという仮説が支持されてきました。『源氏物語』は、いわば時代小説だと言われています。

それでは『源氏物語』は全体的に時代小説なのかというと、必ずしもそうではありません。『源氏物語』には、一院・先帝・桐壺院・朱雀院・冷泉院・今上帝という、六代にわたる天皇の代《よ》が含まれていますが、どうも物語の書き出しに見える桐壺院の時代が、紫式部の生きていた時代よりも古く設定されていて、少しずつ紫式部の生きていた「現代」に向かって新しい時代になってくる、(3)というふうに理解されています。

そうすると、この長い物語はいったい何に拠《よ》って書かれたものなのか、何よりも光源氏のモデルは誰なのか、という疑問は、当然湧き上がってくるでしょう。

以前から、澪標巻で大臣となった以降の光源氏には、紫式部と同時代の藤原道長の印象があると囁《ささや》かれてきましたが、そもそも藤原道長から、紫式部の仕える中宮のために、物語を書いてほしいという要請があったと考えると、光源氏が道長に似てくるということも自然です。

ただ、紫式部が物語を描くという局面を想像してみてください。彼女は、どのようにして、あのような長い物語を描くことができたのか、あれこれと考えてみますと、当時の中国文学の教養だけでは、物語を描くとしても、漢詩や漢文を翻案《ほんあん》したものだという理解にとどまると思います。おそらくは、歴史書を読むとき、単にそれを歴史的な事実として読むというよりも、紫式部は、歴史書の裏側に物語を思い描いてみたり、歴史書の中に物語を読み取ったりすることで、大きな構成力を学んだのだと思います。ただ、架空の主人公を設定し、物語世界の中に生かせて描くという発想はなかなか出てきません。

しかも『源氏物語』を描くには、いうまでもなく和歌の教養が必要です。しかし和歌だけでは長い物語を構成することはできません。かといって、実際の宮仕え生活の体験だけで描けるわけでもないでしょう。

それでは、結局どう考えればよいかというと、まず、主人公のモデルは誰か、という視点から考えてみましょう。結論から言えば、モデルを誰かひとりに限定することは、とてもできないことだということです。いずれも部分的なのですが、図式化しますと、

↑（表層）　　　（深層）↓

（政治的勝者）	（政治的敗北者）	（后への犯し）	（皇位継承争い）	（仏教）	（神話）
藤原道長	源高明《たかあきら》	在原業平《なりひら》	源融	権者	神格
	菅原道真など	交野少将など	秦始皇帝など		

というふうに、人物というよりもさまざまな人生や伝承が部分的に織り重ねられて、光源氏像と光源氏の物語が構成されていると考えることができます。(4) ちなみに、権者《ごんじゃ》というのは、仏・菩薩の化身のことで、例えば若紫巻で、北山聖《ひじり》や北山僧都たちは、光源氏を権者の顕現《けんげん》だ、まるで仏が出現したみたいだと讃美しています。(5) 光源氏は迷える人々を救うという属性も持っている、と理解されているのです。

　物語の表層の方から申しますと、光源氏は左遷されたわけではありませんが、須磨へと自ら退去する条は、安和の変でおそらく藤原氏の陰謀による讒言《ざんげん》によって左遷された源高明や、有名な菅原道真などの左遷の印象があり、おそらく彼等の伝記や噂話、それらが文献であってもなくても良いのですが、『源氏物語』を描くとき部分的に下敷きになっているということは間違いのないところでしょう。

　紫式部の場合、文献も口承文芸も、彼女が本を読んで得た知識も、人の話から知識を得た耳学問も含めて、物語の生成を重層的、構築的に考えてはどうか、というのが私の考えです。

　天皇の子とはいえ臣籍に下った人物がおほけなくも后を犯し奉り、子を産ませる。それだけではなく、畏れおおくもこの子が即位するといった物語は、私は日本の古代・中世の文芸を勉強しておりますが、あまり他に事例を知りません。

ただ『史記』の本紀ではないのですが、呂不韋列伝には、秦始皇帝が「系図上は荘襄王の子」であるけれども、「相国となり、文信公と呼ばれた呂不韋の子」であるという伝承を記録しています。つまり、荘襄王は秦のために趙の国に人質にとられ、邯鄲《かんたん》にいた。ところが、呂不韋の家の姫君に心を奪われて妻として娶《めと》り、始皇を生んだ。こうして、秦始皇帝は荘襄王の子として生まれたとされているが、呂不韋列伝によると、大商人の呂不韋は、妊娠している女性を荘襄王に娶らせて、生まれた子が始皇だった。その後、荘襄王が崩じたので始皇は、王として即位したというわけです(6)。それが歴史的事実かどうかが問題なのではなく、まさに伝承であることにおいて、光源氏物語の基層に組み込まれた伝承のひとつだと考えることができます。

また例えば、『大鏡』は、源融《とおる》がひとたび臣下に下りながら、即位への夢を抱いていたという伝承を記していますが、これもまた伝承であることにおいて、光源氏物語の基層に組み込まれうるのです(7)。

ですから、材源というものは、何も文献の中の世界だけで捜《さが》し求める必要はありません。時代に共有されている記憶であれば良いのです。

誤解のないように申し添えますが、伝承という考え方は分かりにくいでしょうか。秦始皇が后を犯すとか、源融が即位の野望を持っていたということが、事実かどうかが問題なのではなく、作者のみならず読者にも記憶されていた、ということで良いのです。つまり、歴史的な資料を勉強するだけでは物語というものが理解できません。確かに、光源氏は神様ではありません。神様じゃないんですが、人物像の基層に神格を潜ませているような存在だとはいえます。

四　物語が神話を潜ませていること

言い直しますと、光源氏が神格を潜ませているという理解が適切でしょう。

前節では、物語が神話を基層に潜ませていることを分かりやすく、単純化して示したわけですが、こんなふうに申しますと、光源氏の原像とは『古事記』や『日本書紀』の中の神々の誰か、どの部分をいうのか、というふうに御尋ねになるかもしれません。実は、『古事記』や『日本書紀』はそれぞれ神話を組み込んでいますが、そのままが神話の書なのではありません。端的に申しますと、『古事記』は古代天皇制の神学の書であり、『日本書紀』は歴史書です。ですから古代の在地の神話は、古代文献としてはおそらく地誌である『風土記』*の中にあると思います。

ちなみに、右の図で「神格」と示すのは、神様一般のことではありません。神格が物語を構成する話型を伴っている、ということです。それぞれの神格には物語が結び付いているということです。と申しましても、話型にも幾つかの層があります。もし『古事記』から話型を取り出すのであれば、

天つ神が国つ神を言向《ことむ》ける（平定する）
天つ神が国つ神の娘を妻問う

というふうにモデル化できるでしょう。これは折口信夫氏の指摘した貴種流離譚《たん》と重なってきます。つまり、『源氏物語』であれば、

（皇位継承の資格を持つ「天つ日嗣《ひつぎ》」の裔《すえ》（子孫）である）光源氏が、（住吉神を祭祀する在地の）
明石入道の娘を妻問う。

という物語の展開を支える枠組みだといえます。

これが『風土記』における神の物語でしたら、

大神が神を言向ける（平定する）
大神が神の娘を妻問う

というふうに、『古事記』の中の神話のさらに基層をなすものと理解することもできます。

『源氏物語』を分析、考察するのに『古事記』や『日本書紀』、『風土記』を利用する理由は何か。特に神話の資料として『風土記』を用いる有効性はどこにあるかというと、『古事記』には古代天皇の統治の正統性を保証する、（高天原から発する神々の系譜である）神統譜と、これを承ける（天皇の系譜である）皇統譜の書である『古事記』の中に、神話が組み込まれていると捉えることができるからです。むしろ天皇の系譜である皇統譜が、高天原に発する神々の系譜、すなわち神統譜によって保証されているということが『古事記』の主張です。また歴史書である『日本書紀』の中にも、神話は組み込まれています。両者は、神話そのものではないのですが、古代天皇制の確立のために不可欠な書だったといえます。

言い換えますと、神話を論じるとき、『古事記』や『日本書紀』を用いるだけでなく、私には古代天皇制以前の在地の神話が、あまり大きな変容を受けることなく『風土記』に保管されているのではないかという期待と確信とがあります。言い換えますと、『風土記』には、『古事記』『日本書紀』における古代天皇制に組み込まれる以前の神話が見てとれるということです。委しくは別の機会に譲りたいと思いますが、そもそも『風土記』の神話の中には、神にも幾つかの層があると予想できます。

1　**国土が神の身体そのものである枠組み**（例えば、益田勝実『火山列島の思想』（筑摩書房、一九六八年）、『出雲国風土記』の「天下所造神」）

2　**神が地上に来訪し、祭祀を受けて天上に帰還するという枠組み**（例えば、『近江国風土記』逸文にみえる「伊香小江」の神話など、「天人女房」の話型）

3　**神々が巡行する枠組み**（例えば、『常陸国風土記』の倭武神など）

この中で、この場合、「必要があって神の来訪を待ち、役目を終えて神が帰還する」という論理が成り立つところに、来訪と帰還という、神話の話型が働いているといえます。

この他にも特に『風土記』の中に見える最も古代の神の像と、神話の話型を考えますと、

（話型）　　　　　　　（神格）
蛇婿型　　　　　　　　蛇
白鳥乙女型、天人女房型　鳥
隣爺型

などを挙げることができます。そうすると、この話型というものは、昔話のtypeと同じじゃないかと疑問を持たれるかもしれません。そうなのです。昔話の中でも古い話型は、神話の話型と同じなのです。それで、『源氏物語』の最も深層には、これらの話型が組み込まれているといえます。(8) つまり、物語の基層には、神話があるのです。

単純化しますと、高天原から発する天つ神の系統の神格は「鳥」、昔話でいうと「天人女房」、葦原中国に住む国つ神の系統の神格は「蛇」の形姿をとって顕現するもの、昔話でいえば「蛇婿入《むこいり》」が基本だといえます。

さて『源氏物語』をひとつの重層的なテキストだとみる、つまり、神話が物語の基層をなすという考え方は、国文学において一般的な理解なのかというと、必ずしもそうではありません。違った言い方をしますと、今なお『源氏物語』の一部について、何か中国小説をひとつ対応させ、これが直接的な典拠であり、翻案であるというふうに論じることが、よく見受けられます。ただ私は、そのように論じるのは、類似を指摘しているだけで、問題の矮小《わいしょう》化だと思います。

篠田知和基《ちわき》という、世界的な神話学者がおられます。

最近、その篠田先生が『世界神話伝説大事典』（丸山顕徳氏と共編、勉誠出版、二〇一六年）を刊行されました。その記念講演会で、篠田先生が質問を受け付けるということでしたので、僭《せん》越《えつ》ながら「私は、日本の古代の物語の基層には神話があると考える立場をとっていますが、篠田先生は神話というものをどのように定義されますか」と尋ねたことがあります。すると篠田先生は「神話は、神々の物語である。神は何をしてもよい」と答えられました。[9] これは実に興味深いことです。光源氏の「色好み」は、王者の徳とされていますが、すべての女性を愛する徳は許された者のしわざです。つまり、光源氏は深層に神格を潜ませているというわけです。

それでは「色好み」が王者の徳である、ということについて申しますと、國學院大學の御出身で、折口信夫研究所におられた長谷川政春氏は、「色好み」の用例を検討され、物語史において「色好み」は「天皇に用いられることがない」ということに注目されています。これは意外なことだと思われるかもしれませんが、「色好み」は「王権の体現者天皇に用いられることなく、その子である〈王子〉あるいはその類縁者にこそ用いられる」のだ、と説かれています。すなわち「天皇の〈うち〉なる者にしてそれから〈そと〉へ逸脱する存在である〈王子〉が「いろごのみ」の行為者となってゆく。それが王権への犯し」であると論じておられます。(10)

これは実に興味深い御指摘です。長谷川氏の考えを援用しますと、次のように問題を整理できます。すなわち、光源氏とかぐや姫とは、物語の最も深い層において通じ合っています。主人公と物語の重層性を襲って同一性を持つ物語が生成する連鎖とか、系譜とかといったもの、それが私の言う文学史です。さらに、光源氏には「色好み」が加わっているというわけです。

五　物語と時代背景

それでは物語をどう読むのか、物語を理解するのには、まず同時代の人たちの考えをどう捉えるか、時代背景をどう捉えるかが必要だと思います。

ところが、国文学の場合、日本の古代・中世文学の研究状況が、近世以降の文学の研究と決定的に異なる点があります。

そのひとつは、古代文学・中世文学の場合、他の時代と比べて研究のための条件が資料として整備されていて、考察の対象となるテキストも、すでに「信頼に足る」本文として用意されていることです。今ではネット環境が整備されていることはもちろんあるのですが、写本の影印が公開、公刊されていたり、諸本を踏まえた校訂本や索引が普及していることは、実にありがたいことです。

ところが、近世以前、古代・中世文学の研究においては、もともと「時代背景」を考える資料が少なく、限られているという難しさがあります。さらに、厖大な過去の研究の累積が、かえって物語分析にとって無用な混乱をもたらす面もあります。しかも、予《あらかじ》め関心のあるテーマを設定してから読もうとする意識が強すぎると、自分のテーマから物語を裁断してしまうという懼《おそ》れもあります。

もう少し具体的に背景というものについて考えますと、普通に考えれば『源氏物語』の「背景」を考えるのに有効な領域は、経済史や商業史が資料的に辿りにくいという面もありますが、資料として有効であるのは、法制史や儀式・儀礼、婚姻史、音楽などの芸能史、都市論や建築史、絵画などの美術史、宗教史、精神史、民俗史、考古学などでしょう。日々報道される考古学の発見には、古代文学を読む上でさまざまな問題提起が隠されています。いわゆる隣接科学が、文学を読む上でさまざまな情報を提供してくれることは大切だ、と私は思います。

新しい切り口として最近では、河添房江氏が、唐物《からもの》をひとつの事案として『源氏物語』に東アジアの交易を読み取るという切り口を示しておられます[11]。

ただ、「背景」という語を用いると、何となく作品との緊張関係が失われる気がして、私はあまり使いたくないのです。私はむしろ「基盤（ground）」という用語をよく用います。それは、物語の表現の成り立つ文脈（context）を基盤と考えているからです。

物語が生成する基盤というものは、単一で平板なものではなく、多層にわたる複雑なものと考えられますが、最近の刊行物では『王朝文学文化歴史大事典』[12]が、物語の分析と注釈のための視点を網羅《もうら》的に用意していて貴重です。

『源氏物語』の背景とか、基盤というものについて考えるとき、特に重要なことは、文脈を辿る上で何が有効か、です。私は、特にこの時代の人々の精神性、心性（mentality）を考える上で、神道・仏教・陰陽道などの宗教史が重要だと考えています。というのは、『源氏物語』の抱えている主題が、宗教的なものと絡み合っているからです。

六　語の意味するところ

良い例かどうか分かりませんが『源氏物語』の「物怪《もののけ》」は、六条御息所という人物とも関係して、昔からさまざまに論じられてきた、人気のあるテーマなのですが、もはや論じつくされた感もあり、なかなか議論が進みません。物怪は、当時の歴史書や男性貴族個人の漢文日記にも記されていますので、物語の背景や基盤の関係を考えるには、藤本勝義氏や倉本一宏氏の研究は重要です。

ただ、物怪の研究史では、研究史の中にテーマがあるということよりも、何が失敗の原因だったのか、考え直してみることも良い機会だというふうに私は理解しています。

というのは、最近調べ直して気が付いたのですが、「物怪」の問題について議論が錯綜《さくそう》する原因は、①異なるテキストの「物怪」の事例を同一のものと理解してしまう単純さ、②『源氏物語』の「物怪」というテキスト語彙を、「怨霊」などといった、既知の概念用語に還元してしまう乱暴さ、③「物怪」のような、同じ紫式部の表現でも、物語と日記と家集と、テキストによって意味するところや描かれ方が違うことに気付かないうかつさにあったのではないか、と思います。つまり、語はやはり、それぞれのテキストの、それぞれの文脈において捕まえる以外にないということなのです[13]。

例えば、①の例で申しますと、『源氏物語』の「物怪」を歴史書や説話の用例と、簡単に同じであるとみるのは危険です。歴史書に出てくる「物恠」は、天災や疫病などが天の知らせとしての凶兆だという文脈で使われるようなのです。六国史など、古代の勅撰の歴史書は天皇の日々の起居《ききょ》、いわば動静を中心として、祭祀、儀式や行事、休徴《きゅうちょう》・咎徴《きゅうちょう》*などを記すものです。それらのすべてが古代天皇の統治であり、支配だということです。この場合は、「物怪」よりも「物恠」という表記が優勢のようであり、表記の上で区別されている可能性もあります。

ところが、②の例とかかわって「物怪」が議論されますと、個人的な物怪と、国家や政治に関係する怨霊とが同一視されてしまうなどといった混乱が生じます。研究上の用語の混乱と申しますか、「鬼」「もの」「怨霊」「生霊《いきりょう》・死霊《しりょう》」などは、必ずしも内実が同じでないだけではなく、それぞれのテキストの性格によって何を意味するかが違いますので、簡単ではありません。

例えば、仏教説話集『今昔物語集』では、おおむね仏・菩薩《ぼさつ》や天皇に敵対する存在を「鬼」*と呼んでいるようなのです。ところが、在地の神格が「鬼」と表現されることもあるので、仏教の側からみて異教的な存在が「鬼」と表現されているわけです。そのような「鬼」という語の性格が『源氏物語』でも同様かというと、重なりながらずれているように思います。

ところで、説話文学で有名な研究者である森正人氏は、「物怪」という表現が、物怪が憑《つ》いた「現象」をいうのであり、さらにその正体を調べると、それが何者かが分かるというふうに、物怪は二段階になって描かれているということを指摘しています。[14] これは重要な指摘で、確かに、説話ではそのように描き分けられているのですが、『源氏物語』ではどうでしょうか。同じ紫式部の表現であっても、『紫式部日記』における物怪は、物怪をいったん依坐童《よりましわらわ》にかり移らせて、僧が調伏《ちょうぶく》するという当時の生態が描かれています。ところが、『紫式部集』の物怪は、人の心に住む鬼が物怪の姿を見せるのだという唯識《ゆいしき》的な理解を示しています。この唯識とは、興福寺の僧たちの学んだ法相《ほっそう》宗の教義です。

これに対して、『源氏物語』の物怪は、葵上の場合は、光源氏だけに六条御息所の姿が見えるというふうに描いたり、物怪となった六条御息所自身が、自分は物怪になって葵上を襲っているのではないかと自分を責めたりすることが描かれています。これら問題の内在化は間違いなく『源氏物語』の独創性の問題です。

ただ、物語の描かれ方というか、それはジャンルの違いからくる問題かどうかが問題です。そこで考えられることは、国文学特有の問題なのかもしれませんが、大きく言えば語の表現なのですが、いわば表記の問題が関係してきます。

漢字表記か、ひらかな表記か、かな表記でも（かなに崩す前の、元の漢字が何か、つまり）字母《じぼ》が何かといった問題があります。物語における表記という次元には、なお問題が残っているように思います。

例えば、『源氏物語』の「物怪」の用例を調べたついでに、表記を調べてみたのですが、最近では一般に用いられる、信頼性の高い大島本と呼ばれる写本（京都文化博物館蔵、飛鳥井雅康等筆本）では、常に「もののけ」とひらかな表記されています。ところが、『新編日本古典文学全集』などの教科書、注釈書では「もののけ」というかな書き*は、「物怪」と統一して漢字を宛てて校訂《こうてい》していることが分かります。

つまり写本の表記からすると、『源氏物語』の「物怪」はひとつの実体というよりも、「ものの気」といったニュアンス、何か目に見えないものの働きといった意味を持っているようなのです。なかなか面倒です。

ところで、これもまた調べものをする過程で、ふと気付いたことなのですが、『源氏物語』では「もの」「もののけ」という和語と、「霊《りやう》」という漢語とは、これらの語を用いる登場人物が誰か、光源氏や女房か、僧や験者か、ということによって、使い分けがなされているのではないかと思います。つまり、こういう微妙な語の違いを一緒にまとめてしまうと、表現というものを壊してしまうのではないかということなのです。

ともかく、物語と背景や基盤という問題の立て方をしたときに、背景や基盤と物語の表現とはいったん分けて考える必要があると思います。

それで私は、なお頑固なもの言いで恐縮ですが、物語の構成にこだわると同時に、表現そのものにもこだわって、読みの精度を上げてゆく解釈学の方法を模索すべきだと考えています。

七　物語を塊《かたまり》で読む

さて、話を元に戻しましょう。『源氏物語』の第一部を繰り返し読むと、幾つか重要な巻とそうでない巻とがあることが分かります。物語は均一ではありません。

分かりやすく申しますと、作者が意図的に新たな物語を仕掛ける巻と、投げ込んだ石ころが物語世界に波紋を広げてゆく巻とがある、ということです。

単純化して申しますと、物語の構成上、桐壺巻と葵巻と須磨・明石巻が重要です。それは、作者があえて、強く意図を持って仕掛けている巻だからです。

すでに申しましたように、桐壺巻は、主人公を第二皇子として設定したことがすべての始まりなのです。皇位継承から引き離された主人公が、自ら帝となる可能性を取り戻すためには、后藤壺を犯し奉る＊以外にないのです。

そうだとすると、葵巻は、御代《みよ》替りと六条御息所の設定がすべてです。

逆に言いますと、光源氏の人生の折れ目のひとつとして、代替りが設定されているわけです。

光源氏は父が帝である時代は庇護《ひご》されていますが、（光源氏の兄）朱雀帝が即位すると、対立する右大臣家が権勢をふるう、逆境の時代となってしまいます。ここから光源氏が都を離れるまでは一直線です。ちなみに、葵巻の冒頭には、六条御息所が故前坊《ぜんぼう》の妃であり、その娘が伊勢斎宮に卜定《ぼくてい》されますが、六条御息所との間では光源氏との交情が続いていることが示されます。六条御息所は、光源氏の正妻葵上に生霊となって取り憑《つ》き、命を奪います。

ところが、六条院という光源氏の大邸宅は、秋の町が故前坊と六条御息所の邸宅を踏襲して建造されています。六条御息所は、光源氏の妻紫上に死霊として取り憑《つ》き、ひとたびは絶命させます。さらに、光源氏晩年の正妻女三宮に死霊として取り憑き、出家させてしまいます。ところが考え方を変えると、葵上の死去は結局、紫上を浮かび上がらせることになりますし、女三宮の出家も紫上の存在を浮かび上がらせることになります。夕顔巻や葵巻など、若き日の光源氏にとって祟《たた》り神であった彼女は、結果的に六条院の護《まも》り神として機能しているとみること(15)もできます。いずれにしても、葵巻冒頭の一文で、この物語の行く方の大枠が決まってしまうわけです。

さらに、須磨・明石巻の仕掛けは、都を離れた光源氏を住吉神と出会わせたことにあります。光源氏の後半生の運命は、住吉神のもたらした恩寵《おんちょう》です。それが、明石中宮の繁栄として具現化されていくのです。なぜ住吉神だったのか、＊という疑問も当然予想できますが、光源氏は天照大神の都から離れ、国つ神としての代表として住吉神に力を得たと考えてよいでしょう。違う言い方をしますと、この物語の折り返しは、須磨・明石からの蘇生《そせい》だということです。ひとたび左遷されて都に復帰できるということは、歴史的にみて絶対にありえないでしょう。だからこそ、光源氏が蘇生できたということこそ、物語の話型の問題なのです。

このように光源氏の人生は、根底から代替りから導かれるさすらいと、そこからの復活とが縁取られているのです。

八　物語を場面で読む

物語とはロマンス（romance）でしょうか、ノベル（novel）でしょうか。(16)少なくとも、物語は近代小説とは違います。違いを指摘することで物語の特質を際立たせることができると思います。

物語が小説と大きく異なる点は幾つかありますが、まず物語を構成する単位が、ストーリーではなく、場面の集積だということです（玉上琢彌『物語文学』塙書房、一九六〇年、清水好子『源氏物語文体と方法』東京大学出版会、一九八〇年）。

例えば、夕顔巻を読むと、光源氏の若き日の恋人夕顔は、まるで六条御息所によって命を奪われるように読めるのですが、これは夕顔と光源氏の場面と、六条御息所と光源氏の場面とが交互に置かれるために、あたかも六条御息所が夕顔の命を奪ったかのように「読める」という仕組みになっているからだといえます。

あるいは、若紫巻では、若紫と光源氏の場面の次に、藤壺や末摘花と光源氏の場面があり、また若紫と光源氏の場面がある、というふうに構成しているのです。この場面の配置によって、若紫は藤壺の「ゆかり」、すなわち「紫のゆかり」として系譜化されるのです。

また、若紫巻では、光源氏の場面の次に、若紫と光源氏の場面が置かれます。ここには、末摘花の赤い鼻と若紫の着物の紅《くれない》とに、類聚《るいじゅう》性と対照性とが働いています。

九　第二部の読み方

若菜巻に入ると、物語の印象が、がらりと変わってしまいます。

六条院御幸ののち病《やまい》を得た朱雀院は、西山の御寺に出家する準備にあたり、恩愛の執着を断ちきれずに、愛してやまない娘女三宮の処遇に悩む。乳母《めのと》の意見を聞きつつ婿選びを進めた朱雀帝は結局、光源氏以外に適任者はいないと考え、「親ざまに」「譲りおき」することに決める。光源氏は最初かたくなに辞退するが、女三宮は紫上と同じく藤壺の姪《めい》にあたるのだから、どんな女性か見てみたいという食指がひそかに動いた。朱雀院と直接対面した光源氏は、女三宮の降嫁を引き受けてしまう。

第二部は、女三宮を六条院の核心、光源氏と紫上との間に楔《くさび》を打ち込むべく降嫁させることから始まる。この仕掛けが若菜上巻のすべてである。紫上は、女三宮降嫁によって青天の霹靂《へきれき》ともいうべき衝撃を受ける。六条院への渡御《とぎょ》の儀式から新婚の三夜通いまで、降嫁しても皇女として扱われる女三宮に対して、光源氏は臣下という「ただびと」であることを思い知らされることになり、後見もない紫上は光源氏から顧《かえり》みられることのないまま眠れない夜を過ごす。紫上の心情を知りつつも、光源氏は青春を取り戻すように、あの朧月夜を訪問する。このあたりから、紫上はわが「数ならぬ身」を嘆くことになる。

若菜巻は、光源氏の四十賀を祝う儀式が繰り返し行われるが、朱雀院の五十賀についても、準備が進められる。一方、明石女御は男御子を産む。また明石入道が、一族の繁栄を保証する消息を明石姫君に伝える。かくて、光源氏と紫上の関係と、明石一族との離反が進んで行く。

ある春の日、蹴鞠《けまり》に参加した柏木は、偶然、女三宮の姿を垣間見する。ここから柏木の女三宮に対する恋情が深まる（若菜上巻）。

その後、女三宮に対する想いから柏木は、女三宮の猫をもらい受け愛玩《あいがん》した。それでも満たされない柏木は、女二宮を妻に迎えるが、なお女三宮への想いは断ちがたい。冷泉帝が退位したころ、朱雀院は女三宮との対面を希望する。光源氏は朱雀院五十賀に向けて女楽を計画し、女三宮に琴《きん》の琴《こと》（七絃の琴）を教えた。紫上は発病し、二条院に移される。すると、六条御息所の死霊が出現し、紫上を危篤《きとく》に陥《おとしい》れたのは自分だと告げた。一方、光源氏は、女三宮の懐妊が柏木のせいだと知った。光源氏、柏木、女三宮はそれぞれ苦悩する（若菜下巻）。

女三宮は男君を出産する。これが後の薫である。女三宮の処遇をめぐって光源氏を信頼できない朱雀院は、女三宮に受戒をさせ出家をさせてしまう。このときにも、六条御息所の死霊が登場し、女三宮を出家させてやったと告げる。その後、柏木は重篤の状態となり他界した（柏木巻）。

つまり、女三宮の降嫁、女三宮に対する柏木の犯し、女三宮の薫出産、柏木の他界、これらは巻ごとに振り分けられ前後関係に置かれている（若菜上巻〜横笛巻）が、作者によって一挙に仕掛けられたものである。

　このあと、尼となった女三宮に対する光源氏の恋情（鈴虫巻）や、光源氏の子息夕霧の、亡き柏木の妻落葉宮に対する懸想（夕霧巻）を経て、紫上の孤独な晩年と臨終（御法巻）が語られ、ひとり遺された光源氏の嘆きに、業《ごう》の深さが描かれている（幻巻）。

一〇　第二部を物語の塊ということから読むと

『源氏物語』は余りにも長い物語ですから、なかなか一気には読めないで挫折してしまう、一三巻の須磨巻まで読み進めてきて、あきらめ、また桐壺巻から挑戦しても同じく、須磨巻で止まってしまう、などという意味で、「須磨返り」ともいわれるほどですが、第二部の若菜という巻は物理的に長いだけでなく、ほぼ登場人物の会話と心理とから成り立っている内面劇ですから、退屈といえば退屈とみえるかもしれないので、須磨巻を越えられたとしても、このあたりで断念する人もいます。

　以前は、特に大学院への進学を考えてはいなくても、学部生のうちに、すでに『源氏物語』を読み終えていて、それで卒業論文を書きたいと言うような学生が、毎年何人かいました。とところが、最近では、難解すぎる、研究史が面倒だ、そもそも物語が長すぎる、などと言って、『源氏物語』で卒業論文を書く人は少なくなってきました。

若菜巻は、朱雀院の「婿探し」から始まります。朱雀院は、退位の後、病がちとなり、出家を考えるのですが、最愛の娘女三宮の処遇に困り果てます。婿として色々な候補者が話題に上るのですが、最終的には光源氏しかいないというふうに、物語は収束して行きます。

『源氏物語』を読むにはコツがあります。というより、物語にはもともと山と谷、凹凸があるのです。他の場所でもそうなのですが、例えば第二部は、①女三宮の光源氏への降嫁、②柏木による女三宮への犯し、③女三宮の出産・薫の誕生、④女三宮の出家、⑤紫上の精神的離反、このあたりまで若菜巻が物語のひとつの塊として置かれている、と認めて理解した方がよいと思います。

それは作者の意図か、作者の構想かというふうに考えますと、構想というと作者の心の中、頭の中の問題に触れて行くことになりますから、物語そのものが何を仕掛けているか、をみると考えればどうでしょう。

直前の藤裏葉巻までは、光源氏の栄耀《えいよう》栄華の達成を描きながら、若菜上巻からは一挙に空気が変わります。物語のひとつの塊ということを申しましたが、若菜上巻から始まって、光源氏が薫を、他ならぬわが子として抱いたとき、かつて藤壺と過ちを犯した罪の報いだと理解します。長い長い時を経て、光源氏は薫の誕生を因果応報《いんがおうほう》と受け止めたというわけです。

つまり、方法的にみれば、古くからの物語の伝統的な話型の上に、仏教思想が重ねられているといえます。主題的にみれば、このやっかいな状況のすべてを引き受けたのはひとり光源氏であり、最も被害を受けたのは紫上だったということです。

一一 怒りを発しない光源氏

あるとき、光源氏は女三宮のもとで、柏木から贈られた手紙を発見して、困惑します（若菜下巻）。光源氏はまず、妊娠している女三宮を今まで通り待遇していかなければならないことは憂鬱である、と悩みます。過去には、帝の后を過《あやま》つ類《たぐい》も、あるにはあったが、柏木の不遜さはこれとは違う。ただ、男女の間で心を通わし合った関係ならば、それには一理があるというふうに、綿々と考え来たって、光源氏は若き日に藤壺を犯し奉ったことに思い至ります。あのとき、父帝は藤壺との一件を御存知だったのだろうか、などと光源氏は悩み続けることになります。

やがて光源氏は、柏木と二人だけで対面します。しかし、です。光源氏はなぜか柏木に怒りを発しなかったのです。現代の感覚でいうと、人妻を奪った男に、夫は罵声《ばせい》を浴びせたり、しつこく訳《わけ》を問うでしょう。ところが、光源氏は冷静で、ほほえみすら浮かべています。さらに、試楽の果ての饗宴で、光源氏は満座の中、柏木を見て次のように言うのです。

すぐる齢にそへて、酔ひ泣きこそとどめがたきわざなれ。衛門督《かみ》（柏木）、心とどめて（私のことを）ほほ笑まる。心恥づかしや。さりとも（年寄を笑うことができるのは）今しばしならむ。さかさまに行かぬ年月よ。老いはえのがれぬわざなり。

というふうに、柏木を責めるというよりもむしろ、自嘲《じちょう》的なもの言いをします。詰問《きつもん》したり、恫喝《どうかつ》したりせず、自分を貶《おとし》めるのです。言い換えると、道化《どうけ》を演じます。その場に居合わせた、事情を知らない人には謎のような言葉を吐くのです。ここで光源氏は、女三宮と柏木とは合意の上だったのだと誤解しています。光源氏は、こんな若い男に妻を盗《と》られたのだと、敗北感にうちひしがれてしまうわけです。

後日、女三宮の産んだ子ども薫を、光源氏がわが子として抱いたとき、「さても怪しや。わが世とともに、恐ろしと思ひしことの報いなめり」と、仏教の説く因果応報の論理によって若き日の過ちの重さというものを身をもって「納得」することになります（柏木巻）。

ところが、無心で筍《たけのこ》を食べる薫を見た光源氏は、すべてを許してしまいます。ここは現代的な感覚ではよく分からないところです。ここに素朴な生命肯定の感覚を見てとる研究者もいます（風巻景次郎『源氏物語の成立』全集第四巻、桜楓社、一九六九年）。

一二　恩愛の罪、愛執の罪

考えてみますと、そもそもこんなに「ややこしい」ことになったのは、朱雀院が出家するにあたって、愛してやまないわが娘女三宮のことが心配でたまらず、娘のためというよりも、ほんとうは自分の安心のために、気の進まない光源氏に女三宮を「押し付け」たことに端を発しています。

父が娘に執着する、このような親子の間の執着は、仏教では「恩愛《おんない》の罪」と呼ばれています。出家に向かってそんなことは承知のはずだと思うのですが、朱雀院の愚かな「わがまま」で、光源氏と最愛の妻紫上はとんだ迷惑を蒙《こうむ》ることになったのです。

しかも女三宮が光源氏に愛されていないと感じた朱雀院は、強引にも女三宮を出家させてしまいます。つまり、光源氏は朱雀院と女三宮にひっかき回されたあげく、紫上の心は離反してしまい、皮肉にも女三宮に対する執着だけが残ります（鈴虫巻）。ここから、光源氏は男女間の「愛執《あいしゅう》の罪」にとらわれることになるのです。いうならば、光源氏が若き日、政治の争いから女性との恋愛まで、ことあるごとに「敗北」を強いてきた朱雀院に、「復讐」されただけでなく、情愛の対象として関係を続けてきた女君たちに「復讐」されてしまったわけです。

一三　虐げられた女性の運命

ところで、若菜上・下巻、柏木巻、横笛巻、鈴虫巻と続く一連の展開の中で、夕霧巻という長い巻が、御法巻・幻巻との間に置かれています。

怒りをあらわにはしない光源氏に無言の威圧を受けた柏木は、病を得て床《とこ》に臥《ふ》してしまいますが、いよいよ亡くなる前、光源氏の子息で、柏木の友人である夕霧に、自分の妻落葉宮の面倒をみてくれと託します。柏木の真意は分かりませんが、（窓のない塗籠《ぬりごめ》と呼ばれる納戸《なんど》のような部屋に）立てこもり抵抗する落葉宮を、夕霧は力ずくでわが妻としてしまいます。夕霧には、すでに幼馴染《おさななじみ》の妻雲居雁がいましたから、夕霧は一ケ月を半分に分けて、雲居雁と落葉宮の元とそれぞれに律儀に通うことになります。

この夕霧巻については、紫上系の物語群とは別に成立したものだとか、ある程度物語の骨格が出来上がってから、後に挿入されたものだとか、いずれにしても読む上での「違和感」を「合理的」に説明しようとする研究も過去にはありました。しかし、私は、

紫上　→　落葉宮　宇治大君

という、女性の系譜を示すべく、夕霧巻がここに置かれる必然性があると考えています。後に宇治十帖で薫に強引に言い寄られた大君は、襖《ふすま》一枚を隔てたまま、薫を言葉で拒みます。あなたがいう「宿世」という「目に見えない」運命なんて信じられない、と。自分の言葉を持たない落葉宮と違い、大君は紫上の生涯を引き継いだ存在として登場しつつ、紫上の抱えていた課題をも大君は引き継いで発言しているのです。つまり、光源氏の物語であったはずが、被害者である紫上の内面の苦悩と、虐げられた落葉宮の運命とを引き受けて、宇治十帖の大君は登場してくるのです。

　くり返しますが、宇治大君は薫に向かって、あなたは二人が結ばれる運命だと言うけれど、「宿世」なんていうものは目に見えないから、信用できないと言い放ちます。この発言はこの時代ではとんでもないことを述べているのです。というのも、この世のすべての現象の背後に

は「目に見えない」力が働いている、それが因果という仏の説く原理だというのが、仏教の教えることだからです。この世は汚れきった濁世であり、この世に対する絶望から清らかな極楽浄土に生まれ変わり、救われることを願うのが、当時の浄土教の説くところでした。とすると、大君の主張は当時の仏教に疑いをかけることでした。さらに、次に登場する浮舟は来世をめざし、出家を実現してくれた僧都に対して不信感を持ちかねないところにまで、追い込まれて行きます。つまり、

宇治大君　→　浮舟

という女性の系譜が描かれるのです。救いはあるのか、それが第三部の主題です。

一四　第三部の読み方

光源氏亡きあと、次世代を担う匂宮と薫を紹介する竹河三帖の次に、いわゆる宇治十帖が置かれています。これが第三部です。

そのころ宇治に、かつて冷泉院が東宮であった時代に、皇位を争って敗れ、隠棲《いんせい》した失意の八宮がいた。妻を喪った八宮は二人の姫君と住み、「俗聖《ぞくひじり》」という、在俗ながら聖の生活を送っていた。冷泉院に仕える阿闍梨《あじゃり》を介してその存在を知った八宮のもとに、薫は通い始める。秋、薫は八宮の留守に大君と中君を垣間見する。そのとき取り次ぎに出て知り合った古《ふる》女房の弁御許《おもと》から、後ほど薫は自らの出生の秘密を聞き、故父柏木の文を渡される（橋姫巻）。

やがて、初瀬詣の中宿りとして訪れるようになった匂宮に、八宮は中君に返事を書くよう勧める。八宮は姫君に「おぼろけのよすがならで」この宇治を離れるなという遺言をして山寺に籠り、そのまま逝去する。薫は大君と対面し、恋心を伝える。匂宮は、都の夕霧の六君との縁談よりも、宇治中君に執心していた（椎本巻）。

薫は、中君と匂宮との結婚を進めることで外堀を埋め大君を手に入れようとする。大君も、自分は中君の後見になろうと考える。あるとき、匂宮は宇治の紅葉狩を口実に中君に会おうとするが、遂げられなかった。また、匂宮が夕霧の六君と結婚したことを知った大君は、父八宮の遺言にも背いてしまったと失望し、重態に陥り、そのまま逝去した（総角巻)。

匂宮は中君を都に迎える（早蕨巻）。亡き大君を慕う薫は面影を求め、匂宮の通いの間遠くなった中君に迫る。困った中君は薫に、異母妹の浮舟の存在を知らせる。翌年、薫は女二宮と結婚する。一方薫は、宇治に寺を造営するが、偶然浮舟を垣間見して、浮舟が大君と似ていることに驚く（宿木巻）。中君の邸宅で匂宮と薫の姿を垣間見した、浮舟の母である中将の君は、浮舟と貴紳との結婚を望む。中君の留守に、匂宮は浮舟に言い寄る。浮舟の母中将の君は、浮舟を三条の小家に隠す。薫は、三条の小家を訪れ、浮舟を宇治に連れ帰る（東屋巻）。浮舟の居場所を突き止めた匂宮は、浮舟を宇治川の橘小島にある隠れ家に連れ出し、二日を過ごした。やがて、薫は、使者が鉢合わせたことから匂宮と浮舟との関係を知る。薫と匂宮との狭間《はざま》で追い詰められた浮舟は、母に遺書を残し入水を考える（浮舟巻）。

浮舟の失踪にあわてた侍女たちによって、亡骸《なきがら》のない葬儀が行われた。失意の薫は、勤行に専念したが、匂宮は悲嘆のあまり病に臥せてしまった。匂宮は一方、薫の恋人小宰相に言い寄るが、小宰相はなびかなかった。夏、小宰相のもとを訪れた薫は、女一宮を垣間見する。その美しさに魅せられた薫は、妹女二宮に女一宮と同じ装いをさせてみるが、心は満たされない。そのころ、父式部卿宮を喪った姫君が女一宮のもとに出仕する。だが薫は、宇治の姫君たちのことを想い続ける（蜻蛉巻）。

横川僧都の母や妹尼たちは、宇治院で初瀬詣の中宿りをした。横川僧都は、母や妹尼を訪ねる途中、行き倒れている女性を発見し、救出する。妹尼はこの女性、浮舟を看病する。正気を取り戻した浮舟は、僧都に尼にしてほしいと頼む。僧都はやむなく戒を授ける。そこへ妹尼の亡き娘の婿中将が訪れ、浮舟に懸想《けそう》する。浮舟は心動かず、下山した僧都に願い出てついに出家を遂げる。一方、浮舟生存の噂は、女一宮の夜居僧都から中宮の耳に入った。中宮は、小宰相を介して薫に噂話を伝えた（手習巻）。

僧都に出会った薫の様子から、僧都は浮舟を出家させたことを後悔する。僧都は、浮舟に還俗《げんぞく》するよう勧める。浮舟は弟の小君に会うことをも拒否した。薫は、誰か男が浮舟を隠しているのではないかと疑うところで物語は終わっている（夢浮橋巻）。

一五　なぜ物語は「宇治」を舞台とするのか

まず、光源氏亡き後に、切り出される新たな物語は、なぜ「宇治」を舞台として設定されているかということです。

思い返せば、光源氏が一時期隠棲したのがなぜ「須磨」だったのかというと、光源氏は政争を避けるために都を離れ、かろうじて畿内にとどまりながら、住吉神との出会いが約束される地、明石に至る地だったからで、いわば二つの意味を持つ地だといえます。

一方、この時代、一〇世紀中頃の『蜻蛉《かげろう》日記』や院政期の『今昔物語集』が記すように、「宇治」は平安京から奈良へと至る中継地「中宿り」の地でしたが、源融や藤原兼家《かねいえ》など、貴紳にとっては別業《べつごう》と呼ばれる所領のある避暑地であり、藤原頼通の平等院造営に代表されるように宗教の地でもありました。それが、八宮という人物の設定と対応しています。

すなわち、物語自身の説明によると、皇位継承争いに敗れた八宮が隠棲《いんせい》の地として宇治を選んだとされているのですが、宇治は都からできるだけ離れたところであるとともに、かろうじて都に連なるという地だったといえます。隅っこにいることで、都全体を見通すことができるような位置に、作者は物語の舞台を置いたのです。

ここに八宮の娘大君と、罪の子薫との出会いが用意されます。逆に言えば、紫式部はここで薫と大君との出会いを描こうとしたのです。この大君こそ、若菜巻以降の紫上の苦悩や夕霧巻の落葉宮の悲哀を一身に引き受けた人物だったからです。

一方、薫は、自分の出生《しゅっしょう》の秘密を問う相手のいないことを嘆く貴公子です。宇治の物語は女性の運命に疑問を持つ大君と、最も深い内面性を持つ薫とを出会わせる、そういう試みでした。

しかし、物語は二人が、というよりも特に薫は自らの苦しみを誰にも告白しませんでした。もし、薫が自らの出生に関する悩みや、救いということについて、大君に打ち明けることができれば、物語の展開は現在のものと全く違ったものになったはずだと思います。しかしそれは実現しませんでした。それは、おそらく古代という時代の限界だったのだと思います。

こうやって心に闇を抱いている二人は魅《ひ》かれ合いますが、決定的なすれ違いが露呈します。薫は、私とあなたが出会うべく運命付けられている、これは宿世なんだと、かき口説《くど》きますが、大君は宿世などというものは目に見えないものだから、信用できないと反論します。この宿世観というものは、仏教の根本原理です。大君は因果応報の論理に疑問を示したのです。これはこの時代にあっては驚くべきことでした。大君は仏教に対する不信を主張したわけです。

一六　大君から浮舟へ

薫を遺して他界した大君の後に登場するのが、浮舟です。浮舟の登場が唐突と見えることに関しては、物語の成立に絡んで、さまざまな議論がありますが、少なくとも、物語の現在形に従えば、薫／大君の対偶に引き続き、薫／浮舟という新たな対偶を仕掛けることによって物語は仕切り直しをします。

浮舟と関係を持った男は二人います。しかし、厳密に言えば、匂宮は恋人ですが、薫は恋人ではありません。匂宮は身分の差を越えて浮舟を恋人として扱いますが、薫にとってはどこまでいっても浮舟は亡き大君の身代わりにすぎません。薫は自己愛に尽きる存在です。

浮舟は、この三者の桎梏《しっこく》から逃れるために、彼岸《ひがん》への救いを求めて入水を試みます。ところが、浮舟の入水以後、匂宮は登場しませんので、物語は最終的に薫と浮舟との関係に絞って何かを確認しようとしていると捉えることができます。

最後の課題とは何か

繁雑ですから、薫の造型、大君の造型、そこから浮舟造型への展開についての詳細については省略しますが、結局、物語のこの結末を私たちがどう考えるか、です。紫式部が亡くなったために断絶しているのか、もう書くことができなくなったのか。もし書けなかったとすれば、どのような理由で書けなくなったのでしょうか。

ひとことで言うなら、私は、入水《じゅすい》を試みながら入水の叶わなかった浮舟が、恋人であった匂宮から引きはなされるとともに、一対一の形で薫と対決せざるをえなくなった、というよりも、そういうふうに紫式部が人物を絞り込んで行ったのだと考えています。どう考えても、蜻蛉巻以降は、浮舟の救いへの願いと、彼女の苦悩を理解できない薫とのすれ違いが主題です。

浮舟は横川僧都《よがわそうず》にどうしても出家させてほしいと迫ります。僧都はひとたび、浮舟を出家させてやりますが、薫からの消息（手紙）で浮舟が薫の領する女性であったと知り、僧都ははやまったことをしたと後悔し、浮舟に還俗《げんぞく》して薫のもとに戻るよう勧めます。

ところで、浮舟に宛てた、この僧都の消息については、還俗を勧めているのかいないのか、過去にはさまざまな議論がありました。ただ、今のところ私は、単純に考えて、浮舟に還俗して薫のもとに戻れと勧めたと捉えています。

いずれにしても、この時代に最も先進的であった仏教思想である浄土教思想を体現する源信をモデルとする横川僧都と、物語の行き着く果てに登場する浮舟とを対決させること、それがこの物語の最終課題だったと思います。とはいっても、最終的な答えは示されていません。浮舟の苦悩は、横川僧都ですら「解決」できないということを確認してこの物語は閉じられています。もし薫が自らの出生の秘密を、大君に打ち明けることができたら、大君と共に宿世観に対する二人の理解は深められたかもしれません。しかし、他者という存在を認めることのできない薫は、大君のことだけでなく、永遠に浮舟の苦しみは理解できないでしょう。この物語の最終目標は、そのことを「確認」することだったと思います。

語注

＊略奪　現在では、略奪は間違いなく犯罪ですが、婚姻史の研究によると、平安時代には略奪婚という形態が許容されていたといわれています（高群逸枝『高群逸枝全集　第二巻　招婿婚の研究二』理論社、一九六六年）。

＊「なよ竹のかぐや姫」という名　この名前の中で「なよ竹の」は女性の美形の形容であり、「かぐや姫」の「かぐ」が輝くと同根で讃辞だということになります。

＊枠組み scheme　語句の意味は辞書の中にあるのではなくて、文脈の中における語句の置かれ方によって決まります。それゆえ構造とか話型とかいったものは固定して考えない方がよいと思います。

＊一院・先帝　物語の中には名前だけが記されていて、人物としては登場しませんが、桐壺巻の以前に皇位継承をめぐる確執があったことを予想させるものと考える説もあります。一院と先帝とのどちらが先かは議論のあるところです。

＊『風土記』　奈良時代に中央政府が、諸国の地名や地形、特産物、古老相伝、旧聞異事などを報告するよう命じたのに対して、諸国から提出された報告書。この中に神話の断片が認められます。

＊休徴《きゅうちょう》・咎徴《きゅうちょう》　天皇と朝廷の統治を記す歴史書では、休徴はめでたい吉兆を示し、咎徴は縁起

の悪い凶兆を示します。

＊「鬼」　『今昔物語集』では、「鬼」というものは、死者の霊格から、羅刹鬼のような食人鬼、零落した神格まで、実に多様な霊格を含み込んでいます。「鬼」というものは、テキスト以前に先験的に存在しているというよりも、材源としての説話に登場する霊格を、仏・菩薩の大系の中で、こいつは「鬼」だと判定したものと考えられます。ところが『源氏物語』では、鬼という存在には一定のイメージが認められるように感じられます。

＊かな書き　一般に、カタカナは漢字の部分からでき、ひらかなは漢字を草書から、形を崩してできたものと理解されています。ひらかなの元の漢字が字母で、「け」の場合では「気」「希」「遣」「計」など、さまざまな字母があります。物語や歌集などの写本がどのような字母を持つひらかなを用いているかは切り口として面白い問題です。

＊后藤壺を犯し奉る　例えば、光源氏と藤壺とが結ばれるということは、二人が登場したとき、すでに桐壺巻で「光る君」「かがやく日の宮」と並び称されたところで、自明のことであったといえます。これは天つ神と天つ神との結びつき、ということもできるでしょうが、天皇の両統更迭という視点から申しますと、一院系の光源氏と、先帝系の藤壺とが結ばれることによって、最高の世界が現出されたといえます。

＊なぜ住吉神だったのか　都という世界は、天照神を頂点に据える、体系的な神々を祭祀する古代天皇の世界ですから、光源氏が都を捨てたときに、天照神の庇護から離れたといえます。須磨・明石の地一帯を支配する、在地の神である住吉神は、古代天皇制の神学からいえば、国つ神系統に立つものであり、異教の神だったわけで、光源氏は住吉神を祭祀すると言挙げすることによっ

て、住吉神の祭祀圏に所属することになった、というわけです。

注

（1）廣田收「『源氏物語』の二重構造」『文学史としての源氏物語』武蔵野書院、二〇一四年。

（2）高橋文二「光源氏の基層」『駒沢国文』第四四号、二〇〇七年二月。なお、増田繁夫氏の「古代的世界に生きる光源氏」（『国文学』一九九三年三月）も示唆に富む。

（3）例えば、久下裕利氏は、宇治十帖に「作者の生きている時代、一条朝を背景とする史実や史上の人物像の摂り込み」があることは、『紫式部日記』によって「実質的検証」をなしうるといわれる（「宇治十帖の表現位相―作者の時代との交差―」『源氏物語の記憶―時代との交差―』武蔵野書院、二〇一七年）。

（4）廣田收「『源氏物語』の方法的特質―『河海抄』「準拠」を手がかりに―」田坂憲二・久下裕利編『知の挑発　源氏物語の方法を考える―史実の回路』武蔵野書院、二〇一五年。

（5）廣田收『『源氏物語』の皇統譜と光源氏」『『源氏物語』系譜と構造』笠間書院、二〇〇七年。初出、二〇〇三年。

（6）吉田賢抗『新釈漢文大系　史記（一）』明治書院、一九七三年、三〇四頁。

（7）廣田收「『源氏物語』の方法的特質―『河海抄』「準拠」を手がかりに―」田坂憲二・久下裕利編『知の挑発　源氏物語の方法を考える―史実の回路―』武蔵野書院、二〇一五年。

（8）廣田收「民間説話の歴史性とは何か―『風土記』の在地神話と昔話、そして中世説話―」同志社大学人文学会編『人文学』第一九九号、二〇一七年三月。

（9） 日本文化研究会＋環太平洋神話研究会合同大会、『世界神話伝説大事典』刊行記念講演、二〇一七年三月、於同志社大学。
（10） 長谷川政春『源氏物語』〈いろごのみ〉の思想」（『源氏物語と文学思想　研究と資料』武蔵野書院、二〇〇八年）、久下裕利「物語の回廊―色好み論―」（『源氏物語と源氏以前　研究と資料』武蔵野書院、一九九四年）も示唆に富む。
（11） 河添房江『光源氏が愛した王朝ブランド品』（角川学芸出版、二〇〇八年）、『唐物の文化史舶来品からみた日本』（岩波書店、二〇一四年）など。
（12） 小町谷照彦・倉田実編『王朝文学文化歴史大事典』笠間書院、二〇一一年。
（13） 廣田收『源氏物語』「物の怪」考（一）」同志社大学人文学会編『人文学』第二〇〇号、二〇一七年一一月。
（14） 関連する森正人氏の論考は数多いが、代表的なものに、森正人「見えないもの名指す霊鬼の説話」後藤祥子他編『平安文学の想像力　論集平安文学』第五号、二〇〇〇年。森正人「紫式部集の物の気表現」『中古文学』二〇〇〇年六月。森正人「〈もののけ〉考―源氏物語読解に向けて―」三田村雅子・河添房江編『源氏物語をいま読み解く③　夢と物の怪の源氏物語』翰林書房、二〇一〇年一〇月、などがある。
（15） 藤井貞和「六条御息所の物の怪」『講座源氏物語の世界』第七集、有斐閣、一九八二年。
（16） 三谷邦明「源氏物語の方法―ロマンからヌヴエルへ、あるいは虚構と時間―」『物語文学の方法Ⅱ』有精堂出版、一九八九年。三谷氏は、初期物語か源氏物語へという展開に、〈それからどうした〉という論理から〈なぜ〉という論理の変化を認め、それがロマンからヌヴエルへという展開をみてとる。

〔礎稿〕

『『源氏物語』系譜と構造』笠間書院、二〇〇七年。

『文学史としての源氏物語』武蔵野書院、二〇一四年。

『古代物語としての源氏物語』武蔵野書院、二〇一八年。

『表現としての源氏物語』武蔵野書院、二〇二一年。

〔参考〕

『源氏物語の解釈学』（共著）新典社、二〇二一年。

あとがき

以前、勝山先生から「今の若い方々に向けて、どのような入門書を書けばよいでしょうか」と尋ねられたことがあります。そのときは、専門も違いますし、簡単には答えられないなと思い、「実は私も悩んでいます」と正直に申し上げたと思います。

それから時を経て、今となってはただ一点、ゼミの運営や論文の指導などをめぐっては、長い間色々と試行錯誤を繰り返した結果、結局「古典文学の面白さ」というものをどうやって分かりやすく（教えるのではなく）伝えるか、というふうに考えるべきだと思いました。言い換えますと、私はいかに古典が好きか、いかに古典は楽しいか、ということについて御話したいと思いました。それは「啓蒙」とか「指導」などといった、上からものを言う高飛車なものではなく、結局、古典文学は「私」にとってどういうものなのかを、「ひとつの事例」として御話するしかないということです。そうすることで、今度は「あなた」はどう思いますか、ということを考えていただくことになるでしょう。何よりも、文学は「私」がどう読むのかを問わないで論じることはできないからです。

本書は、二〇一七年に新典社から出版していただいた『源氏物語とシェイクスピア―文学の批評と研究と—』の続編です。国際的に活躍されている勝山先生と、毎週のように二人だけの贅沢な勉強会を開いていた中で切実に感じたことを、もう一度もっと分かりやすく、形を変えて説き直してみようとしたものです。年寄の私はもう「時代遅れ」の存在ですが、勝山先生には現代に至る分析理論も併せて紹介していただきましたので、私自身も学び直すことができました。

本書の刊行が、諸般の事情によって遅延してしまったことは残念ですが、新型コロナウィルスの世界的蔓延によって、大学は大きな変容を余儀なくされましたから、従来の文学研究のありかたも「危機」に瀕しているのかもしれませんが、この書が英文学か国文学かを問わず、古典文学というものの「面白さ」、古典文学を研究することの「楽しさ」について、私たちと一緒に考え直していただくきっかけとなれば、私たちにとってこれ以上嬉しいことはありません。

最後になって恐縮ですが、このような未熟な書の刊行を、御寛容にも重ねて御引き受けいただいた岡元学実社長と、編集に関してこの上なく丁寧な御世話をいただいた田代幸子さんに、心から御礼を申し上げます。

二〇二一年八月

廣田　收

《著者紹介》

廣田 收（ひろた・おさむ）
1949年　大阪府豊中市に生まれる
1973年　同志社大学文学部国文学専攻卒業
1976年　同志社大学大学院文学研究科修士課程修了
専攻　古代・中世の物語・説話の研究
学位　博士（国文学）
現職　同志社大学名誉教授
主著　『『源氏物語』系譜と構造』（笠間書院、2007年）
『『紫式部集』歌の場と表現』（笠間書院、2012年）
『文学史としての源氏物語』（武蔵野書院、2014年）
『古代物語としての源氏物語』（武蔵野書院、2018年）
『表現としての源氏物語』（武蔵野書院、2021年）など

勝山 貴之（かつやま・たかゆき）
1958年　京都府京都市に生まれる
1982年　滋賀大学教育学部英語教員養成課程卒業
1979年9月—1980年9月　Michigan State University（文部省派遣留学生）
1988年　同志社大学大学院文学研究科博士後期課程満期退学
1979年9月—1981年8月　Harvard University, Graduate School
(Harvard-Yenching 奨学金給付留学生)
2014年—2015年　Cambridge University 客員研究員
専攻　近代初期英国文学研究
学位　修士（英文学）
現職　同志社大学文学部英文学科教授
主著　『英国地図製作とシェイクスピア演劇』
（英宝社、2014年、福原記念英米文学賞）
『シェイクスピア時代の演劇世界』（共著、九州大学出版会、2015年）
『シェイクスピアと異教国への旅』（英宝社、2017年）
『源氏物語とシェイクスピア』（共著、新典社、2017年）など
論文　「ルネサンスとイスラム世界—文化の越境と受容—」
Shakespeare Journal vol.3（日本シェイクスピア協会、2017年）など

古典文学をどう読むのか
―― シェイクスピアと源氏物語と ――
新典社選書 106

2021 年 11 月 3 日　初刷発行

著　者　廣田收・勝山貴之
発行者　岡元 学実

発行所　株式会社　新 典 社

〒101－0051　東京都千代田区神田神保町1－44－11
営業部　03－3233－8051　編集部　03－3233－8052
ＦＡＸ　03－3233－8053　振　替　00170－0－26932

印刷所 惠友印刷㈱　製本所 牧製本印刷㈱

ISBN978-4-7879-6856-2 C1390

https://shintensha.co.jp/　E-Mail:info@shintensha.co.jp